아내의 일기

...

그리움을 그리다

아내의 일기

그리움을 그리다

초판 인쇄 2025년 5월 10일
초판 발행 2025년 5월 15일

지은이 ┃ 김소주, 김선재, 김규원
표지 그림 ┃ 유미선
펴낸이 ┃ 김태화   펴낸곳 ┃ 파라북스
기획편집 ┃ 전지영   디자인 ┃ 김현제

등록번호 ┃ 제313-2004-000003호   등록일자 ┃ 2004년 1월 7일
주소 ┃ 서울특별시 마포구 와우산로29가길 83 (서교동)
전화 ┃ 02) 322-5353 팩스 ┃ 070) 4103-5353

ISBN 979-11-88509-89-8 (03810)

아내의 일기

그리움을 그리다 ••• 김소주 · 김선재 · 김규원 지음

파라북스

같이 산 37년,
그리움을 그리며 37년

아내는 가계부와 일기로 37년 동안의 결혼생활을 기록했다. 그 기록에는 아내의 특출한 기억력과 꼼꼼함으로 극히 세밀한 부분의 일상사도 빠뜨리지 않고 써놓았다. 그리고 자신의 내밀한 감정과 깊은 마음속 생각도 진솔하게 표현했다. 하루에 몇 시간씩 쓰기에 몰입하여 그날의 기억과 대화하면서 병마의 고통과 마음의 상처나 무력감과 같은 부정적인 감정에서 벗어나는 자기 정화의 시간을 가졌다. 그 결과 88권의 꽤 방대한 기록물이 축적되었다.

깨알같이 쓴 아내의 일기를 침침한 눈을 부여잡고 1년 반에 걸쳐 읽는 동안 잊어버리고 빛이 바래 흐릿해진 지난 37년간의 기억이 찬란하게 되살아났다. 망각 속에 깊숙이 파묻혀 있던 아내와 함께한 하루하루가 선명하게 깨어나, 당시의 아내와 같이 웃고 눈물짓고 감탄하면서 애틋한 감정이 마법과 같이 생명력을 찾았다. 그리하여 지난 37년이 그리움 속에서 소중히 되살아나게 되었다.

아내는 자신의 내면을 드러내고 싶지 않아서 생전에 이 기록들을 없애려고 했다. 내성적이고 소극적인 성품에다가 자신의 이름에 대한 트라우마가 있어서 많은 경우 내 뒤에 숨어 지냈고 자신을 내보이려 하지 않았다. 그런 아내가 안쓰럽고 안타까워 아내의 일기를 책으로 출판할 때는 아내 이름을 맨앞에 두기로 약속을 했다.
이제는 당신이 바깥세상으로 자신감을 가지고 당당하게 나서라고, 그 뒤에는 남편과 딸애가 든든하게 응원하고 있으니.

한 가족의 이런 소소한 기록을 귀하게 여기고 흔쾌히 출판을 맡아준 파라북스의 김태화 대표님과 책 형태를 갖춰준 전지영 실장님께 깊이 감사드린다.

2025. 5 .5.
분당 불곡산 자락에서
김규원

차례

프롤로그

마지막 생일카드

마지막
생일카드

2022년 11월 1일 아내에게 생일카드를 써 주었다. 이제 딸애도 결혼하여 출가하였으니 마음 한편이 서운하고 허전하지만 우리 둘이 더 의지하고 돌봐주면서 행복하게 살자고 썼다.

그동안 매년 세 식구의 생일이 되면 아내는 미역국과 찰밥, 그리고 반찬 몇 가지와 케이크로 생일상을 차렸고, 단출한 식구끼리 생일카드도 주고받았다. 그런데 최근 들어 아내의 병세가 점점 더 깊어지고 손발 움직이는 것이 어둔해져서 음식을 장만하다가 접시를 떨어뜨려 깨는 경우가 여러 번 있었다. 그래서 이제는 딸애도 없고 둘만 있으니 구태여 생일상을 차리지 말고 생일인 사람이 정해서 괜찮은 음식점에서 식사하자고 했다. 생일카드도 이제는 쓰지 말고 말로 축하하자고 했다. 그동안 우리 부부는, 특히 내가 무덤덤하고 무뚝뚝하여 감정을 말로 잘 표현하지 않았는데 이제는 글보다 말로 좀 더 다정다감하게 나타내자고 했다.

그리고 마지막이라며 생일카드를 써주었다. 그런데 이것이 정말 '마지막' 생일카드가 되고 말았다.

서재 불이 환하다. 생일카드를 쓰신 듯. 갖다주신다.
읽어보니 술술. 잘 쓰셨네.

"뜻 깊은 65세 생일을 맞는 당신에게 이제 사회적으로도 노인임을 인
정받는 해이니 여러모로 이번 생일은 뜻깊다 생각되오. 그러면서 우리가
같이 산 지 벌써 37년이 되어 꽤나 긴 세월이 되었소. 보스턴과 부산에
서 보낸 지나간 시간들이 기억에 선명하게 남아있네. 특히 올해에는 선
재가 다행히 배우자를 찾아 걱정은 덜었지만, 한편 서운하고 허전함
이 있으리라 생각되오. 그 대신 우리 둘이 더 가까이 지내게 된 것 같소.
앞으로 서로 의지하고 돌봐주면서 행복하게 살아가도록 하오.

2022. 11. 1, 사랑하는 당신의 남편"

그 전 해 생일카드에는 강원도 월정사의 명상산책길에 갔다가 주운 단풍잎도 카드에 같이 끼워 주었다. 일부 녹색이 남아 있는 붉은 단풍잎이었는데, 이 단풍잎이 완전 노인네가 아닌 우리의 현재 모습과 닮은 색다른 아름다움이 있다고 썼었다.

아내는 내 생일카드를 받고 "잘 쓰셨네."라고 평을 달기도 하고, 색다른 아름다움이 있다고 한 말에 "말도 잘도 갖다 붙이시네."라고 조금 퉁명스럽게 덧붙였지만, 그래도 그 멀리 강원도 월정사에 친구와 명상길을 걷다가도 자기 생일을 잊지 않고 조그마한 나뭇잎이라도 소중하게 주워온 마음을 고맙게 여기고 흡족하게 간직해 주었다.

이 모든 것이 아내의 일기에 고스란히 남아 있다.

식탁 위에 (선재) 아빠가 주신 카드….

월정사에서 명상산책길을 걷다가 주운 거라며, 전체가 붉게 물들지 않고 일부 녹색이 남아 있는 색다른 아름다움이 있어 당신 주려고 가지고 왔단다. 완전 노인네가 아닌 우리의 현재 모습 같아 보인다고. 말도 잘도 갖다 붙이시네.

— 2021. 11. 1. 일기

아내의
일기

아내를 보내고 집으로 돌아와서 가장 먼저 시작한 일은 아내가 쓴
가계부와 일기장을 찾아 그 전모를 파악하는 것이었다.

아내는 오랫동안 아팠고 내성적인 성격이라 집에 있는 시간이 많아
하루에 몇 시간씩 일기와 가계부 등 여러 가지를 노트에 기록하고
있었다. 무얼 적는지 물어보면 늘 같은 대답이 돌아왔다. "알 필요
없어요." 하여 무슨 내용을 적는지 알 수 없었고, 그 노트도 내가 볼
수 없게 숨겨두어 양이 얼마나 많은지도 알지 못했다.
그리고 이렇게 공들여 적은 일기를 나중에 다 없애 버리겠다는 말도
가끔 했다. 나는 그러지 말고 잘 보관했다가 나중에 책으로 내자고,
개인 생활사의 귀중한 기록이 될 수 있다고 설득했었다.

아내는 이런 말도 모두 기록해 두었다.

나중에 다 없애버리겠다고 하자 사람 한 사람을 살려내는 게 얼마나 값진 일이냐고, 당신은 그런 일을 해낸 사람이라고, 내가 당신 아니었으면 이렇게 살아 있겠냐 하시고, 또 꾸준히 써온 일기도 값진 거다, 나중에 <어느 가정주부의 30년 생활사> 그런 책 내주고 싶다고……

- 2014. 12. 11. 일기

어제 <조선왕조실록> 읽은 것 얘기하면서 <승정원일기> 같은 것은 임금이 뭘 먹었는지 뭐 했는지 상세하게 기록(했다는 이야기가 나와), 요즘도 그런 피를 가진 사람이 있다고, (내) 얘기하려다 참았단다. 어디 가서 그런 소리하지 말라고, 거의 30년 돼 가는데 그만 쓸까 싶다고, 그리고 처음부터 내가 한번 읽어보고 버리고 싶다니까, 절대 그러면 안 된다고 선재한테는 귀중한 자산이라며 (말린다) …… 흉도 얼마나 봐 놨는데…….

- 2018. 8. 26. 일기

집안 구석구석 아내의 손길이 닿지 않은 곳이 없었다. 숨겨 놓은 아내의 기록물들을 찾는 일은 보물더미 속에서 보물을 찾는 것과 같았다. 그렇게 찾아 정리해 보니, 모두 88권에 달했다.

① 가계부 (1985. 6.14 ~ 2022. 12.18) — 13권
② 일기 : (1989.10.5 ~ 2022. 12. 24) — 49권
③ 병상일지 — 6권
④ 독서일지 — 4권
⑤ 산책일지 — 1권
⑥ 요리일지 — 15권

대학노트에 깨알 같은 글자로 적혀 있는 아내의 기록을 처음부터 끝까지 다 읽어 보는 데도 1년 반이 넘게 걸렸다. 읽으면서 매일의 일기를 한두 줄로 정리했고 그 중에 책으로 남길 만한 내용은 따로 리스트를 만들었다.

아내가 남긴 기록

아내는 대학노트에 빈틈 없이
빼곡히 기록을 남겼다. 가계부,
일기, 병상일지, 독서일지,
산책일지, 요리일지까지
모두 88권에 달했다.

<유 퀴즈 온 더 블럭> 재방송을 봤는데 '너의 일기장' 특집으로 '택시에서 써내려간 승객들의 일기'였다. 직장에 퇴직하고 4년째 택시기사를 하는데 너무 힘들어서 어떡하면 힘들지 않게 할 수 있을까 하다가 생각해낸 게 승객들에게 두꺼운 스프링 노트를 건네면서 하고 싶은 얘기를 써보라는 것이었단다. 그리고 2,200여 명이 쓴 글로 책을 냈단다. 송파구에 사는가 보다. 부인과 석촌호수를 2바퀴씩 걷곤 했었는데, (부인이) 어느 날 갑자기 쓰러져 아무 말도 없이 12년 전에 세상을 떠나고 홀로 세 딸을 키운 아빠. 음식정보라며 나름의 '요리노트'도 보여주는데 글씨가 단정하고 여자 못지않게 꼼꼼하게 정리 해놨다.

- 내가 백수인 걸 주변에서는 아무도 모른다.
- 세 아이의 엄마인데 재취업하기 위해 토익을 보러가는 길. 여러분도 힘내세요. Have a good day!!,
- 명치가 아프다. 회사 가기 싫다……,
- 사랑했던 사람과 헤어진 지 2주째 되는 날이다…….
두 오빠를 교통사고로 잃고 산소에 가는 길이라는 한 승객의 얘기를 듣고는 아내가 생각나 자기도 울었단다. 짧지만 여러 사람들의 글을 보면서 나도 힐링이 되는 것 같다. 남한테는 말할 수 없는 속마음을 표현하는 일을 1~2km 단거리 손님에게는 못 내밀고, 3~4km 이상 되는 손님한테는 내밀면, 앞선 사람들의 글을 읽고 자기들도 힐링이 된다면서 한 줄씩 적었다고 한다. … …

책 제목은 박준 시인이 우연히 탔다가 지어줬다네.

박보영도 나와 2016년부터 일기를 썼는데, 그 안에는 남이 보면 안 될 내용들도 있어 금고에 넣어 놨단다. 죽을 때쯤 다 태우고 가려고 한단다. 나도 그럴 생각인데……. 급하면 친구에게 연락해 금고에 일기가 있다고 말할 생각이라네.

– 2022. 5. 1. 일기

하루하루 일어난 일을 어찌나 상세하게 적어 놓았는지 아내의 일기를 읽으면서 나도 그 당시로 돌아가 '아, 그랬었지!' 감탄하면서, 일기 속 아내와 함께 웃기도 하고 함께 눈물 짓기도 했다. 내가 학회 출장을 가거나 집에 없었던 날에 있었던 일도 알 수 있었다. '아, 그때 그런 일이 있었구나.' 하면서 그 당시 몰랐던 사실을 이제야 깨우치기도 했다.

아내는 일기에 자신의 내면의 생각이나 마음속 이야기도 빠뜨리지 않고 적어 놓았다. 당시에 아내가 어떤 생각을 하고 있는지 짐작하기도 했지만 이제야 좀 더 정확히 파악하게 되었다. 특히 몸이 평소보다 유난히 아파 내게 밥을 차려 주는 것이 그렇게 어려웠던 날들도 지금에서야 알게 되었다. 그런 사정을 모르고 출장이나 외출에서 돌아와 밥을 제대로 해주지 않는다고 투정 부린 적도 여러 차례 있었다. 아내의 속사정을 이제야 알고 마음이 몹시 아프고 좀 더 아내를 배려하지 못했다는 안타까운 생각에 눈물이 났다.

아내의 일기장은 내게 타임머신과도 같다. 지난 37년 중 내가 가보고 싶은 날의 일기장을 펴보면 당시의 일이 눈앞에 선명히 떠오르니 언제라도 그때로 돌아가 당시의 장면을 생생하게 볼 수 있다.

아내 일기를 읽는 동안 아내와 같이 산 지난 37년을 처음부터 다시 산 행복한 느낌을 갖게 되었다. 그래서 함께 산 것이 37년 아니라 그 두 배인 74년인 것 같다. 세월과 함께 메말라버린 30여 년 전의 일상사도 바랜 색깔이 다시 찬란하게 빛나고 살아 움직이는 풍요로움을 맛보았다. 우리는 처음 만나 짧고 짧은 19일 만에 결혼했지만, 그 짧은 만남의 시간은 37년을 지나 74년에 이르는 길고도 긴 여정이 되었다.

아내는 자신을 밖으로 드러내고 싶어 하지 않았고 속마음을 쓴 일기도 없애 버리려고 했지만 이 일기를 정리하여 출판한 책에는 아내의 이름을 맨 앞에 내세우고 싶다. 이제는 세상 앞에 당당히 서도 좋다고 말해주고 싶다. 남편과 딸애가 뒤에서 든든히 응원하고 있으니.

아내는 자신이 중요하다고 생각하는 부분은 숫자 하나 빠뜨리지 않고 정말 놀랄 정도로 꼼꼼하고 세심하게 기록했다. 물론 자신의 감정이나 느낌, 가슴속 이야기도 적었지만, 객관적인 사실 자체를 가감없이 그대로 기록한 내용이 많아 그런 부분 중 일부를 이 책에 소개하고자 한다.

보스턴에서 설계한 미래

1985
1987

결혼까지
19일

1985년 3월 무렵 미국 미네소타대학교 생화학과에서 박사학위를 마무리하고 하버드 의대 암연구소로 박사후 연구원으로 가기 전에 가족들을 만나기 위해 잠시 귀국했다. 당시는 외국을 오가는 것이 쉽지 않아 박사과정 5년 동안 한국에 올 기회가 없었다.

어머니와 바로 밑의 동생은 이 기회를 놓치지 않았다. 장남인 나를 결혼시키기 위해 선을 몇 차례 보도록 준비를 해두었다. 그러나 성사되지는 않았다. 그래서 인연이 없나보다 생각하고 다시 미국으로 돌아갈 준비를 하던 차에 마지막으로 한 번만 더 보라고 해서 3월 25일에 아내를 처음 만났다. 그리고 4월 13일, 19일 만에 결혼식을 올렸다.

이렇게 초스피드 결혼이 가능했던 것은 순전히 바로 밑의 동생 덕이다. 선을 주선했을 뿐만 아니라 결혼 비용과 신혼여행 비용도 그 동생이 다 부담했다. 나는 그때 유학생 신분이라 수중에 무일푼이었고, 약국을 하던 동생이 지원해 주지 않았다면 결혼할 엄두도 내지 못했

신혼여행

부산 범어사 불당 앞 계단에 나란히 앉은 우리는
만난 지 19일밖에 안 되었지만, 결혼을 했고 신혼여행을 갔다.
다시 미국으로 가야 했으니 모든 것을 서둘렀다.

을 것이다. 나중에 수십 년이 지나 조카가 결혼할 때 조금 갚았지만, 여전히 마음속의 고마움은 그대로 남아 있다.

19일 만의 결혼은 친한 친구들 사이에서 화제가 되었다. 친구들은 첫 번째 만남에서 확 끌리는 게 있었냐고 놀리듯 물었다. 사실을 말하면 그런 강렬한 것은 없었다. 그냥 같이 살면 되겠다는 마음이 들었다. 그리고 돈도 없고 키도 작은 사람과 같이 살겠다고 하여 고마운 마음이 많이 들었다. 그동안 키가 작아서 퇴짜 맞는 일도 여러 번 경험했기 때문이다.
그렇게 다소 덤덤한 마음으로 시작했다. 아마 아내도 성격상 그랬을 것이라고 짐작한다. 그 덤덤한 마음으로 별다른 기복 없이 화목하게 37년간을 같이 살았다.

전공인 생화학 강의에서 생명현상에 중요한 역할을 하는 효소가 체내 수많은 물질 중에서 자신에게 가장 적합한 기질을 어떻게 찾아 결합하는지를 설명할 때, 내가 늘 강조하는 것이 있다. 효소가 가장 적합한 기질과 결합하는 생화학 반응은 몇 개의 강력한 힘이 아니라 무수히 많은 약한 힘들에 의해 이루어진다. 효소와 기질 사이의 울퉁불퉁한 표면에서 미약한 결합이 무수히 많이 일어나면서 서로가 단단히 밀착되어 총합적으로 강력하게 결합하는 것이다.

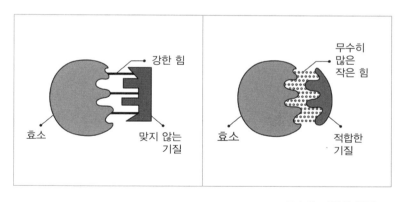

효소와 기질의 결합

효소는 맞는 기질을 만나면 무수히
많은 작은 힘으로 결합한다. 결과적으로
그 결합은 강력해진다.

사람 사이의 결합인 결혼도 다르지 않다. 몇 개의 강력한 힘보다 두 사람이 일상생활에서 서로 공유할 수 있는 작고 사소하지만 다수의 힘들이 모이는 게 핵심이다. 인간 사이의 강력한 힘이라면 권력이나 재력 또는 미모가 될 것이다. 이런 강력한 힘이 아닌 평범한 일상을 같이 나누고 공유하는 관계, 그런 관계를 나눌 수 있는 사람이 진정한 배우자이다.

효소에 관한 수업을 할 때면 늘 그렇게 배우자를 찾아야 한다고 강조했다. 이 이야기에 많은 학생들이 공감했다. 우리 부부도 살아오면서 사소한 일에 공감하고 감정을 공유하는 경우가 많았다. 간혹 뜻하지 않은 일에 마음이 같아지면 흐뭇하게 서로 바라보면서 말했다.
"일심동체구먼요."

5시 15분에 눈 떴는데 도저히 못 일어나겠다. 피곤해서⋯. 좀더 자다가 7시 15분에 기상했다. 53.6㎏. 식사 준비를 해놓고 ⋯ 8시 50분에 다시 쉬었다. 목 벌건 게 밑으로 좀 번졌네.

선재가 강의 듣고 점심 먹을 때 아빠도 점심으로 라자냐 드실란가 물어 보려고 하는데 낮에는 라자냐를 좀 꺼내 달라고 해서 깜짝 놀랐다. 어떻게 둘 다 동시에 그렇게 생각했는지⋯. 일심동체라 그런가.

- 2020. 6. 6. 일기

신혼과 함께
시작한 기록

결혼 후 나는 먼저 미국에 가서 미네소타 생활을 정리하고 보스턴에서 살 집을 구했다. 아내는 1985년 6월 초에 합류했다. 아내의 기록은 그때 시작되었다. 1985년 6월 14일부터 37년 동안 우리의 결혼 생활은 아내의 가계부와 일기에 꼼꼼히 기록되었다.

가계부는 기록된 내용이 일정한 형식을 갖추고 있었다.
① 날짜와 요일, ② 생활비 사용내역과 금액, ③ 하루 세끼 식사 메뉴, ④ 관람, 관광, 특별히 일에 대한 간단한 메모, ⑤ 자신이 처음 경험한 일 순으로 기록해 두었다. 아내의 가계부를 보면 당시 우리 생활뿐만 아니라 미국 보스턴의 물가와 집세, 생활상을 잘 알 수가 있다.
1985년 7월 한달간 우리는 식비로 $321.52, 집세 $410을 포함한 생활비로 $796.68을 사용했다. 이렇게 지출을 모두 합하면 $1,118.20였다. 그때 하버드 의대 암연구소의 박사후 연구원 월급은 $1,230.50로 기록되어 있다. 내 월급으로 두 식구가 근근이 살았던 것이다.

1985. 6. 14. 첫 가계부

결혼 후 미국 생활을 시작하면서
아내는 우리의 결혼생활을
기록하기 시작했다.

2022. 12. 18. 마지막 가계부

우리 삶을 숫자와 간단한 메모로
기록한 아내의 가계부는
37년간 계속되었다.

일기는 임신 무렵인 1989년 10월 5일부터 시작되었다. 몸 상태와 음식, 들어야 할 음악, 읽어볼 책 등 육아일기 형식으로 기록되어 있었다. 아내는 떠나기 며칠 전인 2022년 12월 19일까지 하루하루를 상세히 기록했다. 그리고 그해 12월 22~24일분은 일기장에 옮겨 적지 못하고 메모 상태로 남아 있다.

일기를 보면 아내의 일상을 상상하는 것이 어렵지 않다. 하루하루 일상이 아침부터 잘 때까지 꼼꼼히 적혀 있다. 특히 딸아이와 관련된 일들은 하나도 빠뜨리지 않고 기록했다. 태동은 언제 시작되었는지, 옹알이를 언제 시작했는지, 뒤집기, 첫 걸음, 처음 말한 때가 모두 기록되어 있다.

나중에 딸에게 들려주고 싶은 시나 글들도 일기에 옮겨 적어 놓았고, 언젠가 알려주고 싶어했다. 특히 딸애에게 하고 싶은 마음속 깊은 애틋한 감정은 다른 사람들의 글을 통해 대신 표현하기도 했다.

1994, 일기, 외식 메뉴와 비용 정리

2000. 2. 9~11. 일기

2022. 12. 19. 마지막 일기

아내의 마지막 일기는 짧지만
평소처럼 일상이 그대로 담겨 있다.

눈에 잘 보이지도 않는 깨알 같은 글씨로 촘촘히 적어 나간 일기를 보면, 강한 집중력으로 완전 몰입하는 아내의 모습이 보이는 듯하다. 그렇게 아내는 하루에 몇 시간씩 기억의 창고에서 그날의 일들을 하나씩 꺼내 일기를 써내려 가면서 아픔과 고통, 그리고 부정적인 감정에서 벗어나는 소중한 자신만의 시간을 가졌던 것 같다. 그렇게 모든 것을 잊어버리고 병마의 고통도 함께 극복한 듯하다.

아내의
식당 아르바이트

박사후 연구원의 봉급으로는 집세와 생활비에 빠듯하고, 또 내가 출근하면 낡은 아파트에 하루 종일 무료하게 지내야 하므로, 아내는 1985년 8월 20일부터 집 근처에 있는 한국식당(아리랑 하우스)에서 아르바이트를 시작했다. 마침 옆 아파트에 사는 다른 유학생의 부인도 다니게 되어 심심하지 않게 같이 식당까지 걸어서 출퇴근을 했다. 아내는 한국으로 돌아온 1987년 2월 20일까지 빠지지 않고 근무하여 가계에 큰 도움이 되었다.

이렇게 어디 가서 일을 하고 보수를 받은 것은 이 일이 아내에게는 처음이자 마지막이었다. 그후 아내는 무언가 계속하고 싶어했지만 가사일과 투병생활, 그리고 육아일로 더 이상 경제적인 활동을 하지 못하고 전업주부로서 집에 있는 시간이 많았다. 그 덕을 내가 봤고, 지금도 이어지고 있다. 이렇게 방대한 양의 가계부와 일기가 남았으니까.

그때 아르바이트를 하면서 근무시간, 보수, 팁 등을 꼼꼼히 기록한 자료가 있다. 이렇게까지 자세히 기록한 줄은 아내 생전에는 전혀 몰랐다. 아내는 자신이 적은 가계부와 일기를 대수롭지 않게 생각했고, 속내를 적은 부분도 있어 나에게도 보이기를 원치 않아 꽁꽁 숨겨두었으니까.

기록을 보면 아내의 수입은 일정한 기본급과 손님들에게 받은 팁이 있는데, 그날 그날 얼마였는지가 근무시간과 함께 적혀 있다. 또 영어로 알아야 할 메뉴 명과 설명, 가격도 기록되어 있다.

이처럼 상세한 기록을 보면, 아내가 전생에 조선시대 왕조실록을 기록한 사관이 아니었나 상상도 하게 되고, 뭐든 하고 싶은 일을 마음껏 할 수 있는 상황이었면 얼마나 잘했을까 아쉽기도 하다.

1985년 8월 20~24일	8월 27~31일	
화　10:35~4:55 (6시간 20분) 수　11:37~5:04 (5시간 27분) 목　10:37~4:59 (6시간 22분) 금　11:45~5:37 (5시간 52분) 토　10:57~3:20 (4시간 23분) Total　28시간 24분 (27시간)	화　10:46~4:44 (5시간 58분) 수　10:49~4:59 (6시간 10분) 목　10:49~5:33 (6시간 44분) 금　10:49~5:03 (6시간 14분) 토　10:59~5:03 (6시간 4분) Total　31시간 10분 (28시간 10분)	… …
8/27　27×3.75=101.25 (tip 1.25)	10/1　28.10×3.75=105.38 (tip 3.84)	
계 $102.50	계 $109.22	

- 1985. 8. 20~31. 가계부에 기록된 근무시간과 보수

- 곱창전골: Beef tripe and intestine Simmered in and spicy broth with veg. and noodles
- 냉면: Traditional Korean cold noodle dish
- Sushi: Freshly sliced raw Fish served on bite size seasoned rice
- deluxe Sushi: our chef's special selection of sushi
- Sashimi: Freshly sliced raw fish served with a shredded garnish
- deluxe Sashimi: our chef's special selection of Sashimi
- Kapparmaki: Cucumber, seasoned rice rolled in seaweed
- Tekamaki: Tuna, seasoned rice rolled in seaweed
- Futomaki: A big roll of vegetable & seasoned rice rolled in seaweed
- Californiamaki: Avocado, crabmeat & Sonsmed rice rolled in seaweed
- chirashi: An assortment of sashimi served on a bed of seasoned rice
- Arirang Combo: Assortment of the best of both sushi & Sashimi … …

- 가계부에 기록된 영어 메뉴와 설명

삼성 전자레인지와의
인연

1985~1986년 당시 미국에서 생활하는 데 필요한 가전제품들은 대부분 일본제 아니면 미국제였다. 예를 들면 TV는 일제 소니였고, 밥솥이나 녹음기, 사진기도 일제였으며, 토스터기나 재봉틀은 미제였다. 그러다 1986년 4월 12일 우연히 마트에서 삼성전자 전자레인지를 발견했다. 얼마나 반가운지 바로 구입했다. 아내의 가계부에는 "microwave (삼성)" 항목으로 세금 포함해 "$178.49"로 구입했다는 기록이 있다.

전자레인지는 그때 우리가 산 여러 가전 제품 중 유일한 국산이었다. 그후 37년 동안 고장 한번 없이 사용했다. 전자레인지 내부의 전구도 한번 갈아 끼우지 않고 사용했으니, 삼성전자가 당시 세계 최고의 명품 전자레인지를 생산한 것 같다.

이 전자레인지는 37년 동안 쉼없이 우리 가족의 먹거리 장만에 지대한 공헌을 했다. 미국 생활을 정리하고 귀국하기 위해 짐을 줄이고 줄일 때에도 아내는 반드시 챙겨와야 할 물건으로 꼽았다. 부산으로 서울로 이사를 다닐 때도 마찬가지였다.

우리 부부는 이 전자레인지를 40년을 쓰고 삼성전자에 기증하기로 했다. 37년 동안 작은 문제 하나 없었던 명품제품인지라 삼성전자 입장에서도 귀중한 사료가 될 것이라고 생각하며 흐뭇해했다. 그러나 그런 날은 오지 않았다. 2022년 12월 말 아내는 급성 림프암으로 세상을 등졌다.

귀히 여기며 사용하던 손길이 사라져서일까? 얼마 지나지 않아 1987년 귀국할 때부터 전자레인지에 붙여 쓰던 변압기가 수명을 다했다. 전자레인지 자체는 멀쩡해도 220V를 110V로 바꾸어 주는 변압기가 없으면 사용할 수가 없다.

아내가 떠난 후 나는 우리와의 인연이 다한 것으로 생각해 2023년 삼성전자 이노베이션뮤지엄(SIM, Samsung Innovation Museum)에 기증했고, 이런 사연을 알게 된 삼성전자 뮤지엄 쪽에서 인터뷰를 요청했다. 그 내용이 2024년 9월 11일 기사화되어 10여 곳의 언론 매체에 소개되었다.

37년 쓴 삼성 전자레인지

1986년 미국 마트에서 구입해
37년 동안 고장 한번 없이 사용했다.

기증자 명패

전자레인지는 우리가 원했던 곳으로
갔다. 기증자 명패에 내 이름과
아내의 이름이 나란히 새겨졌다.

〈연합뉴스〉 기사 바로 보기

〈연합뉴스〉에 소개된 우리와 전자레인지의 인연.
https://v.daum.net//20240911103649470
이외에도 10여 곳의 언론사가 같은 내용의 보도를 했다.

보스턴에서의
신혼생활과 생활비

아내는 매일매일의 지출현황을 빠지지 않고 기록했고, 이를 다시 정리해 1985년 7월부터 1987년 2월 귀국할 때까지 하버드대에서 받았던 월급과 지출한 집세, 전화료, 전기·가스비, 신문·잡지구독료, 생활비, 잡비 항목으로 나누고 합계까지 일목요연하게 볼 수 있는 표를 만들어 두었다.

이 표를 보면 당시 보스턴에서 박사후 연구원 월급으로는 생활하기가 빠듯하다는 것을 알 수 있다. 아내가 식당에서 아르바이트 한 것이 가계를 꾸려가는 데 큰 도움이 되었다. 특히 귀국할 무렵 필요한 물건을 사가지고 오는 데 결정적으로 기여했다.

지금은 어떨까? 하버드대에 연구원으로 가 있는 제자에게 물어봤다. 하버드대 박사후 연구원 연봉은 $15,000에서 $61,000로 4배정도 증가했다. 그러나 한달 집세와 생활비도 올랐다. 집세(1bed room)는 월 $400~600에서 $2,000로, 생활비는 월 $300~500에서 $2,000가량으로 뛰었다. 박사후 연구원 연봉으로는 그때나 지금이나 두 식구가 겨우겨우 생활하는 수준이다.

	월급	집세	전화	전기 가스	신문 잡지	생활비	잡비	소계	Total
1985년									
7월	1230.50	410.00	65.39			321.52	321.29	1118.20	
8월	1230.50	410.00	65.98	39.25(전)		336.94	216.50	1068.67	
9월	1090.00	410.00	21.74		36.00	284.40	754.96	1507.10	
10월	1230.50	410.00	57.02	37.46(전) 14.27(가)		301.83	698.76	1109.34	
11월	1272.08	410.00	8.70	16.73(전)		260.78	1176.71	1462.92	
12월	1272.08	410.00	33.25	19.95(전)	36.00	302.90	1408.77	2210.87	
1986년									
1월	1272.08	410.00	10.54	20.37(전) 46.45(가)		274.98	853.38	1185.35	
2월	1272.08	410.00	167.86	17.83(전)		312.06	813.74	1311.49	
3월	1272.08	410.00	31.22	16.40(전) 12.74(가)	36.00	309.56	1837.24	2653.16	
4월	1272.08	410.00	161.37	14.66(전)		315.09	802.00	1703.12	
5월	1269.47	410.00	78.59	15.57(전) 10.65(가)		314.55	656.93	1486.29	
6월	1269.47	410.00	66.78	16.25(전)		333.28	266.24	1092.55	17909.06
7월	1269.47	613.00	103.40	19.94(전)	24.00	305.41	406.29	1472.04	
8월	1269.47	613.00	63.97	14.55(가)		333.95	378.44	805.13	20186.23
9월	1269.47	613.00	10.22	14.22(전)	22.69	304.75	810.28	1775.16	21961.39
10월	1269.47	613.00	9.40	14.31(전)		300.23	2205.02	3248.13	25209.52
11월	1269.47	613.00	106.17	102.33(전화)		220.79	1404.81	2340.93	
12월	1269.47	613.00	126.98			303.81	1135.91	2179.70	29730.15
1987년									
1월	1269.47	613.00	134.35			324.86	1055.18	2127.39	31857.54
2월			126.17			180.00			

- 1985. 7.~1987. 2. 가계부

보스턴에서 우리는 매사에 절약하며 검소하게 생활했다. 차도 없었다. 물론 운전면허증도 없었지만…. 다행히 보스턴은 미국의 다른 대도시와 달리 차 없이 얼마든지 생활할 수 있는 유럽스타일 도시였다. 전철이나 버스 같은 대중교통 시스템이 잘 되어 있고, 여러 대학과 연구소, 관광지, 마트, 그리고 공원 등이 시내에 밀집되어 있어 걸어 다니기 좋았다.

주말에는 아내와 같이 하버드 대학교, 하버드 스퀘어, 퀸시마켓, 찰스강변과 공원, 쇼핑센터 등으로 구경 다니고 쇼핑을 하며 신혼생활을 누렸다. 아내의 가계부를 보면 어디서 무얼 사먹고, 쇼핑했는지 눈에 선하게 떠올라 기억의 저 밑에 까마득하게 가라앉아 있던 그 당시의 신혼 기분이 다시금 떠올라 아내와 함께한 행복한 느낌에 휩싸이고 그때의 청춘이 가진 활력을 조금이나마 다시 맛보게 된다.

하버드 대학교 도서관 계단에서

주말이면 학교로 공원으로 강변으로
다니며 데이트를 했다.

이렇게 시내를 자주 걸어다니다 보니 아는 선후배들이 관광차 보스턴 올 때에는 제법 능숙한 가이드 역할을 할 수 있었다. 구경할 코스와 돌아다니다 쉴 곳, 쇼핑가, 식당, 심지어 화장실까지 모두 정해 놓고 시내 관광을 안내했다.

보스턴 근교는 차를 가진 친구 부부와 함께 나갔다. 관광지에도 가보고 해변으로 가 해산물을 값싸게 사먹기도 했다. 그리고 돈을 조금씩 모아 멀리 뉴욕, 워싱턴, 나이아가라 폭포, 그리고 플로리다의 디즈니월드와 씨월드 등도 다녀왔다. 아내의 기록을 보니 모든 장면이 다 생생하게 떠오른다.

특히 기억에 남는 것은 MIT에서 박사과정을 하던 후배 부부와 같이 나이아가라 폭포를 구경간 일이다. 후배가 모는 차로 7시간 넘는 장거리 여행을 했는데, 차가 하도 낡아 고속도로를 달리다가 엔진에서 연기가 나면서 서기도 했다. 젊은 부부 두 쌍에게는 그런 일도 신기하고 장거리 여행도 즐거웠다. 그 고물차를 겨우 겨우 수리해 몰고 다니면서 마냥 즐거워했다.

나이아가라 폭포 앞에서

7시간 넘게 달리기에는 너무 낡은 차를 타고 갔지만
젊은 우리는 무모하게도 즐겁기만 했다.

지금 생각해 보면 아찔하다. 얼마나 겁 없고 무모했는지. 그런 고물차를 몰고 고속도로로 나가 그 먼 길을 달렸다니…. 그땐 젊었으니 두려움보다 혈기가 앞서기도 했을 것이다. 그러나 그것만은 아니었다. 그 차가 유난히 낡긴 했지만 가난한 유학생들은 그 정도의 고물차에는 다들 익숙하여 개의치 않았던 것 같다.

이런 젊음과 신혼의 들뜸으로 보스턴에서 미국 생활을 시작하였지만, 보스턴은 우리 같은 가난한 유학생들에게 너그러운 도시는 아니었다. 잠시 들린 관광객이나 부자들은 살기 좋은 곳이지만.
그 좁고 누추하고 바퀴벌레가 득실대는 낡은 아파트에서 차도 없이 사는데, 앞으로 애를 낳게 된다면? 상상만 해도 끔찍했다. 그전에 있었던 미네소타 대학교의 유학생들이 살던 학생아파트는 집앞에 넓은 잔디밭이 있고 깨끗하고 여유로운 투베드룸이었다. 그와 비교하면 보스턴 아파트는 주거환경이 너무나 열악했다. 물가도 비쌌고 사람들도 냉정하고 여유가 없어 오래 살고 싶지 않았다.

도둑이
들다

보스턴에서 우리가 처음 살았던 아파트는 보스턴 프로야구팀인 레드삭스의 홈구장인 펜웨이 파크(Fenway Park)에서 가까운 아주 오래된 아파트였다. 5층짜리 벽돌건물이었고, 엘리베이트도 아주 구식이라 쇠창살문을 여닫고 타는 것이었다. 지하에 세탁기가 있어서 엘리베이트를 타고 오르내리면, 지하의 어두컴컴함과 엘리베이트가 삐꺽거리는 소리 때문에 섬뜩하여 얼른 다녀오곤 했다.

지금도 그렇지만 보스턴은 집값과 생활비가 비싸서 박사후 연구원 봉급으로는 그 정도 수준의 아파트밖에 구할 수 없었다. 운전면허도 없고 차도 없었기 때문에 교외로 갈 수도 없었다. 하버드 의대 건너편에 좀더 깨끗하고 널찍한 아파트가 있었지만 우범지대와 가까워 갈 엄두를 못 냈다. 하버드 의대에 출퇴근하던 카이스트(KAIST) 선배 두 분이 용감하고 호기롭게 그곳에 집을 얻었는데, 밤중에 두 사람이 자고 있는 데에도 흉기를 든 도둑이 들어 혼비백산하고 다른 곳으로 이사를 간 적이 있다.

그 소식을 들은 우리는 그곳에 가지 않은 것을 다행으로 여기고 비록 허름한 아파트이지만 좀더 안전한 곳이라 생각하고 안심했다. 그러나 실상은 그렇지 않았다.

1986년 3월 14일 나는 학교로 출근하고 아내도 식당으로 일하러 간 사이에 도둑이 들었다. 아내의 기록을 보면, 당시 도둑들은 TV, 뮤직박스, 면도기, 잔돈, 심지어 냉장고 속 콜라 두 캔도 가져갔다. 나중에 알고 보니 그 아파트의 수십 가구 가운데 이중 장금장치가 없는 우리집과 아래층 한 집, 이렇게 두 집이 도둑을 맞았다. 도둑들은 이삿짐 센터의 차를 가져와서 이사하듯이 두 집의 가재도구들을 싣고 갔다고 한다.

경찰이 와서 조사를 하고 갔지만 다시 찾는 것은 포기하라고 했다. 조사하러온 경찰관은 젊은 백인이었는데, 무덤덤하고 사무적인 표정과 태도로 보아 '이런 일은 보스턴에서 너무나 흔해서 신고가 들어왔으니 일단 조사는 하는 것이고, 이곳에 살려면 이런 일에는 익숙해져야 한다'고 말하는 듯했다.

아파트 앞 벤치에서

보스턴에서 처음 살던 아파트는 허름하고 좁았다.
당시 내 봉급으로 구할 수 있는 집은 그 정도였다.
적은 봉급으로 열악한 환경에서 생활하면서도
웃음을 잃지 않는 아내가 늘 고마웠다.

경찰관의 태도를 보면서 우리의 안전은 우리가 지켜야겠구나 하는 생각이 강하게 들었다. 동시에 보스턴이 어떤 곳인가도 실감했다.

그때 느낀 감정을 떠올리게 하는 영화가 2014년에 개봉되었다. 액션 스릴러 영화 〈더 이퀄라이저(The Equalizer)〉인데, 보스턴의 암흑세계를 덴젤 워싱턴이 분한 주인공 로버트 맥콜이 일부 바로 잡는다는 내용이었다. 영화의 배경으로 등장한 보스턴의 소시민이 살아가는 시가지가 특히 눈길을 끌었는데, 영화를 보는 내내 우리가 살던 시절이 눈앞에 선명하게 떠올랐다. '법이 지켜주지 않는다면 내가 한다'는 심판자의 역할에 나선 주인공의 활약에 짜릿한 통쾌감을 맛보기도 했다.

도둑이 들었고 물건 몇 가지를 잃어버렸지만, 다행히 아내가 그 시간에 아르바이트를 가 집에 없어서 큰 화는 피했다. 곧바로 이중 잠금 장치도 설치했다. 그래도 불안을 떨치지는 못했다. 4개월 후인 1986년 7월에 내가 다니던 암연구소 바로 옆에 있는 새로 지은 고층 아파트로 이사했다.

이사 간 아파트는 새 건물이라 깨끗하고 보안시설도 잘 되어 있었다. 집세는 같은 크기의 스튜디오 타입인데도 $410에서 $613으로 50%가 올랐지만, 그래도 훨씬 안심이 되었다. 귀국하는 1987년 2월까지 우리는 그곳에서 살았다.

딸과 병아리

귀국,
부산 생활

1987년 2월 28일 새벽에 보스턴을 떠났다. 서울 김포공항에 도착한
것은 3월 1일 저녁이었고, 공항 근처 호텔에서 일박을 했다. 다음날
대구에 도착해 양가 부모님께 인사를 드리고, 그 다음날인 3월 3일
부산대로 첫 출근을 했다.

부산에서 처음 구한 집은 구서동에 있는 양옥집의 이층이었다. 방 2
개와 화장실 1개에 주방이 있었는데 850만 원을 주고 전세를 얻었
다. 전세금을 양가 친척들에게 빌려 마련했으니, 국내의 생활은 사실
상 거의 무일푼으로 시작한 셈이다.

거기서 6개월을 채 살지 못했다. 집주인이 집을 판다고 나가 달라 고
해서 부랴부랴 재송동에 있는 16평형 아파트로 전세를 구해 이사했
다. 이 아파트는 원래 32평으로 설계되었는데 반으로 나누어 16평형
2개로 짓다보니 세로로 긴 좀 이상한 구조였지만, 가진 돈으로 급히
구할 수 있는 곳이 거기뿐이라 감지덕지 입주했다. 여기서 4년 가량
살다가 1991년 1월에 만덕동에 있는 32평형 아파트를 분양받아 처
음 집을 장만했다.

3월 1일 일요일		3월 2일 월요일		3월 3일 화요일	
1박(에어포트호텔)	18,000	차비	2,960	부산 왕복차비	3,960
세금(세관)	16,000	전화료(여관)	21,000	(1980×2)	
공항~이대 Taxi	2,300	짐보관료(공항)	3,500	책가방	14,000
이대~여관	2,100	짜장·짬뽕	2,400	부산대~터미널 Taxi	1,700
동생	10,000	핫도그·우유	1,850	집~터미널	1,200
저녁식사 3人	5,400	슬라이드(경희대 앞)	1,500	점심	1,000
	₩53,800	사이다	600	사진	1,200
		동촌~집	4,000		₩23,060
			₩37,810		
				소계 ₩114,670	

서울 저녁 5시 15분 도착. 시동생이 마중 나오다. 이대 앞 Four season에서 장용호 교수님 만나다. 에어포트 호텔에서 1박.	밤에 대구동촌에 도착. 충동 갔다가 효목동으로 돌아오다.	규원氏 첫 출근.

- 1987. 3. 1~3. 3. 가계부

아내는 평소 말수가 적었지만, 가끔 재치있는 우스갯소리를 잘했다. 부산에서 우리가 살던 동네 이야기가 나오면 "구석에서 죄송하다고 만득이가 반성하고 있어요."라고 슬쩍 한마디를 해서 우리를 웃게 만들었다. 우리가 살던 동네 이름이 구서동 ─ 재송동 ─ 만덕동이었고, 재치 있는 아내 덕분에 이 이름들을 잊지 않게 되었다.

나는 대구에서 고등학교를 나왔지만, 당시 부산에 살던 고교동기들이 있어 교류하면서 지냈다. 동기들은 그때 이미 다들 집과 차를 소유하고 있었고, 애들도 많이 큰 편이었다. 그에 비하면 우리는 모든 게 늦었다. 차도 1995년 5월에야 가지게 되었다. 이렇게 모든 게 늦었지만, 나는 연구에 모든 관심이 가 있었고 아내도 별 말이 없었다. 말수가 적었기 때문이기도 했겠지만, 무덤덤한 성격이라 크게 개의치 않았던 것 같다.

처음 구서동에서 살던 때 미국에서 배편으로 부친 세간살이들이 아직 도착하지 않았고 새로 이사한 집도 어수선해서 근처 식당에서 자주 식사를 해결했다. 그중 기억나는 곳은 자매분식이다. 집 근처에 있는 조그만 분식집인데, 이름 그대로 자매가 운영하는 곳이었다. 그곳 순두부찌개와 된장찌개가 싸고 맛있어 우리 부부가 자주 사먹었다.

어느 날 교수들의 회식장소에서 각자 부부들끼리 자주 가는 단골 맛집을 소개하는 기회가 있었다. 다들 한정식, 일식, 양식 등 고급식당을 이야기했다. 내 차례가 되어 우리 부부의 최고 맛집은 자매분식이라는 조그만 분식집이라고 소개하자 다들 한바탕 웃음을 터트렸다. 아마 우리가 미국에서 살다 왔으니, 우리 집의 경제사정을 모르는 다른 교수들은 고급 양식당을 소개할 것을 기대한 모양이었다.

부임한 부산대 분자생물학과는 당시 유전공학의 붐을 타고 1985년 개설이 된 첨단 학문분야 학과로 그해에는 학부 3학년이 가장 높은 학년이었다. 첨단분야라 해도 개설된 지 얼마되지 않아 학과 강의실과 실험실이 제대로 갖추어지지 않아 타학과의 것을 이용해야 했다. 그러다 미술대학 조소과에서 사용하던 도자기 굽는 로가 있는 낡은 건물을 배정받아 1. 2층은 분자생물학과가 쓰고, 3, 4층은 다른 신설과가 사용하게 되었다.

그때 2층에 작은 교수 개인사무실과 연구실을 배정받았다. 건물이 너무 낡고 난방이나 배수도 잘 안 되었지만, 내 사무실과 연구실을 처음 배정받아 먼지투성이 창문과 바닥을 직접 닦으면서 앞으로의 연구와 교육에 대한 꿈과 열정을 키웠다. 학과에 대학원도 개설이 되지 않아 같이 연구하는 대학원생도 없었고 연구비와 연구시설도 전혀 없었지만, 연구에 대한 열의는 불타올랐다. 지금 생각해도 그때의 뜨거운 열망은 앞으로 닥칠 어떠한 장애나 시련도 녹여낼 만큼 강렬했다. 연구에 대한 나의 꿈을 그 열악한 환경에서 어떻게 펼칠 수 있을까, 무엇을 어떻게 해야 하나, 고민에 고민을 거듭했다.

부산대 분자생물학과 건물

학과 강의실과 실험실이 이곳에 처음 들어섰고,
그때 개인사무실과 연구실도 배정받았다.
당시 나는 모든 관심이 연구와 교육에 가 있었다.

아내의 기억력과
반찬 수

부산 시절에 쓴 아내의 가계부는 특별한 면이 있다. 외식을 한 경우 날짜와 식당명, 가격은 물론이고 나온 음식의 종류까지 빠뜨리지 않고 적어 놓았다. 예를 들면, 1989년 4월 29일에 벽오동이라는 식당에서 1인분 6,000원짜리 정식을 먹었고, 그 정식에 나온 반찬 19가지가 모두 기록되어 있다. 또 1년 동안 외식한 기록을 일목요연하게 표로 정리해 두었다. 예컨대 1992년에는 36회 외식했고 비용으로 362,150원을 썼다.

신혼여행지이기도 했던 범어사 근처 감나무집에 대한 기록도 있다. 1992년 4월 12일과 7월 2일 그곳에서 점심으로 돌솥밥을 먹었다. 일인분에 5,000원이었는데, 반찬이 21가지가 나왔다. 10,000원짜리 대구뽈찜 작은 것을 추가로 주문해 먹기도 했다. 1992년 4월 5일에는 사직동 낙원쌈밥집에서 쌈밥을 먹었다. 일인분에 4,000원이었고 반찬은 13가지가 넘었다.

1월 2일 배비장 보쌈(배비장보쌈 9000, 쟁반국수 7000, 빈대떡 1장 200) 18,000

1월 11일 천안 부영식당(해물잡탕 2인분 15000, 공기밥 2개 1400, 석화 1접시 3000) 19,400

2월 16일 삼천각(섬선짜장, 삼선짬뽕 2500) 5,000

2월 23일 미인가 너구리우동(우동정식 3500, 꼬치우동 2500, 섞어초밥 1800) 7,800

3월 8일 해운대 맥도날드(빅맥 2300, fish버거, Mcoke 750, 주스 500, 프렌치프라이 700) 5,800

3월 28일 스파 뒤 나라(なら)
(삼치구이 7000, 생선초밥(도다리 9점) 10000인데 음식이 시원찮다. 1000원 깎아줌.) 16,000

3월 29일 광복동 가방골목 원산만두(순만두 1인 3500, 설렁탕 3500, 밥 1공기 500) 7,500

4월 5일 사직동 낙원쌈밥집(쌈밥 2인 8000, 밥 1공기 1000) 9,000

대구탕(무, 대파, 대구), 쌈(찐양배추, 찐깻잎, 찐근대잎, 곰피, 다시마,
상추, 쑥갓), 쌈장(멸치젓, 된장, 고추장), 국(양념장), 비지장,
흰마늘장아찌, 오징어젓갈, 흰콩조림, 배추김치, 콩잎무침, 볶은마늘장아찌,
창란젓갈, 톳나물, 깍두기, 깻잎장아찌, 생멸치젓갈

4월 12일 감나무집 (돌솥우거지국 3개 15000, 대구뽈찜 小 10000) 25,000

1. 총각김치,   7. 나물   13. 곤약채조림   19. 쌈(삶은배추,
   배추김치   (돌, 무, 시금치) 14. 게장   삶은깻잎,
2. 배추물김치   8. 도라지 무침   15. 새끼조기구이   호박잎, 우엉잎)
3. 풋고추무침   9. 쓴냉이   16. 무채 한치회   20. 호박전
4. 송이버섯볶음   (씀바귀)나물   17. 멸치젓) 쌈장   (간고기 붙여서)
5. 호박·홍합볶음   10. 마늘쫑무침   18. 된장)   21. 비지찌개
6. 깻잎순무침   11. 마늘명태조림
                      12. 쇠고기장조림

－ 1992. 1. 2～4. 12. 가계부, 외식

아내가 왜 식당의 반찬 가짓수까지 빠트리지 않고 다 기록해 두었는지는 알 수 없다. 요리일지까지 썼으니 밑반찬을 만들 때 아이디어를 얻기 위해서일까? 아니면 특별한 이유 없이 그냥 적은 것인지도 모른다. 꼼꼼하기도 하지만 기억력이 비상해 낮에 음식점에서 먹은 반찬들까지 다 기억했을 정도니까.

아내의 기록을 보면서 이런저런 생각을 하다가 지금의 가격이 궁금해졌다. 감나무집은 오리불고기 전문점으로 바뀌었다. 그때의 돌솥밥과 비교할 수 있는 단품 메뉴로는 비빔밥이 있는데, 가격이 12,000원이다. 낙원쌈밥집의 경우 지금은 같은 이름의 식당은 없었다. 근처 다른 쌈밥집을 찾아보니, 1인분에 11,000원, 반찬 수는 12가지였다. 32년 동안 반찬수는 큰 변화없이 유지시키는 대신 가격은 대략 3배 정도 올랐다. 아내의 기록은 물가가 얼마나 올랐는지, 식당의 반찬은 어떻게 변했는지 가늠할 수 있는 좋은 사료로 여겨진다.

아내의 기억력은 유별났다. 보스턴을 떠난 지 30년이 지난 후에도 그때 관광차 보스턴에 온 후배 유학생의 딸아이의 이름과 나이, 그 아이가 불렀던 노래, 입은 옷의 종류와 색깔 같은 것들도 소상히 기억하고 있었다. 같이 이야기하다가 어떻게 그런 걸 다 기억하는지 놀라고 감탄할 때가 자주 있었다.

기억력이 특출한 아내는 학창시절 주로 외우는 게 많은 국사나 세계사, 지리 같은 과목은 누구보다 잘했다고 한다.
"아, 법대 가서 고시 공부를 했으면 잘했겠네."
그러자 아내는 아쉬운 표정을 지으며 이렇게 답했다.
"글쎄 말이에요. 그랬으면 법관이 되었을지도 모르는데…. 그땐 여학생은 가정대 가야 한다는 부모님 말씀을 거역하지 못했지요."

아내의
옷

아내는 의류비도 연도별로 정리하여 기록했다. 예를 들어, 1992년의 경우 총 의류비는 142만 4,000원이었고, 각각의 의류들을 구입한 날짜와 품명, 사이즈, 그리고 가격을 모두 정리해 두었다. 이때 딸아이가 두 살이었는데, 아내는 주로 쉽게 갈아 입힐 수 있는 저렴한 옷들을 사서 입혔다.

의류비로 가장 많이 지출된 것은 내 양복비였다. 1988~1994년 사이에 맞춤양복비를 정리한 기록도 있는데, 양복점 이름과 양복지 종류, 그리고 맞춤 가격을 기록해 놓았다. 맞춤양복은 한 벌에 20~40만 원으로 지금 물가로도 비싼 편이다. 내 체형이 기성복에 맞지 않았던 이유도 있지만, 당시만 해도 맞춤양복을 꽤 많이 해 입었던 것 같다. 그렇게 비싼 양복이라 한 벌 장만하면 오랫동안 입었던 것으로 기억한다.

연도별 의류비를 비교해 보면, 1992년이 142만 4,000원, 1998년
이 239만 8,790원, 그리고 10년 후인 2002년에는 311만 6,040원이
었다. 10년 사이에 의류비 사용액이 2배 이상 증가한 것이다. 물가
도 올랐을 테고 딸애도 성장하여 그에 걸맞는 옷을 장만해야 했을 테
니 당연한 일이다. 하지만 의류비 증가의 가장 큰 요인은 내 양복이
었다. 서울로 와서 새 양복을 몇 벌 맞췄는데, 한 벌에 45만 원이었고
코트가 31만 원이었다.

아내의 옷은 주로 할인할 때 구입했다. 그나마도 고급옷은 사 입지
않고 아주 알뜰하게 가계를 꾸려 나갔다. 2002년 기록을 보니 의류
비를 사용한 날짜 항목이 55개였는데, 그 가운데 아내의 것은 11개
에 불과했다. 그나마도 속옷과 양말, 안경과 앞치마 등을 제외한 옷
은 6개 정도였다.

1988. 11. 4 　코코 겨울공전 20만, vip 2마4치(9만)

1989. 2. 26 　코코 춘추공전 + 콤비공전 = 38만
　　　　　　　2마 반(35000) 1마 7치(30000)

1990. 4. 5 　춘추공전 25만, 2마 4치(4만)
　　　　　　　춘추콤비를 그 집 천으로 맞추면 25만
　　　　　　　진시장(대우라사) 공전은 13만

1992. 12. 12 　1. 콤비(1마 6치) 150cm 45000
(국제시장)　　　　ACE Super crimp wool 100%
　　　　　　　　　Goldentex profile

　　　　　　　2. 바지(1마 1치) 104cm 35000
　　　　　　　　　Goldentex star (Noble tuxedo 120)
　　　　　　　　　pure all new wool

　　　　　　　3. 양복(2마 반) 234cm 12만
　　　　　　　　　Goldentex VIP 2000
　　　　　　　　　finest all new wool

　　12. 20 　신창양복점 (부평동 1-29, 245-5539)
　　　　　　　1벌 공전 22만 (천까지 32만)

1993. 3. 10 　온천람 1벌 공전 30만

1994. 9. 10 　박영철콜렉션 그 집 천으로
　　　　　　　순모 춘추복 쑥색 40만

　　10.8 　　박영철콜렉션 옷이 마음에 안 들어
　　　　　　　반반 섞인 천으로 20만에 맞추다 고동색

코오롱 버티칼 블라인드~ 색살 (90-B)

• 男 잠옷 (size 100, 95는 좀 작은 듯)

• Y-shirt (목 38, 팔 78, M-size)
　여름 반팔은 목 39가 적당,
　38은 좀 작은 듯
　Y-shirt는 면 60%가 적당,
　30%는 좀 뻣뻣한 듯

• 男 구두 250cm, 女 구두 245cm

• 男 기성복 上衣 466size (맨스타)
　　　　　 下衣 85size (만다린)
　　　　　　　465size (브렌우드)

　　　　　　　　　　　- 1988. 11. 4 ～ 1994. 10. 가계부, 양복공전

아내는 외식비나 의류비를 빠뜨리지 않고 기록했을 뿐만 아니라 낭비하거나 허투루 물건을 사는 법이 없었다. 귀국하여 거의 무일푼으로 부산 생활을 시작했고, 많지 않은 내 봉급만으로 가계를 꾸려가야 했으니 당연히 그랬으리라 짐작이 된다.

이런 절약 습관은 아주 몸에 배어 나중에 형편이 좀 나아졌을 때도 그대로 유지되었다. 나이가 들면서 아내는 스스로를 한탄하기도 했다. "나는 왜 번듯한 옷 한 벌도 제대로 마련 못 하고 이렇게 쪼들리게 살아야 하나!" 내가 괜찮은 옷이나 가방을 사라고 돈을 여유롭게 주어도 그러지 못했다. 내가 아내에게 어울리는 옷이나 가방을 잘 골라 선물하는 남편이었으면 좋았을 텐데.

혈관 연구와
병아리

당시 대부분의 대학이 비슷하긴 했지만, 부산대 연구실 상황은 다른 곳에 비해 더 열악했다. 게다가 쉽게 개선이 되지 않아 그 기간이 오래 지속되었다. 학과가 배정된 곳은 미술대학 조소과에서 사용하던 작업장 건물로, 칸막이를 하여 교수연구실과 실험실로 나누었다. 오래된 건물이라 냉난방 시설이 없어 겨울에는 실내에 석유난로를 설치하여 난방을 했고, 여름에는 당연히 에어컨 없이 지냈다. 그나마도 전력수급이 잘 안 되어 그런지 수시로 단전되었다. 그러면 학과에서 임시로 소형발전기를 임대하여 전기를 공급하기도 하였다.

이렇게 낡고 열악한 건물이었지만, 거기서 공부하고 연구한 우리에게는 열정과 추억이 깃든 건물이라 최근까지도 가끔 찾아보기도 했다. 그런데 지금은 아예 흔적도 없이 사라졌다. 건물이 너무 낡고 바로 뒤에 박물관 건물이 있어 대학본부에서 2024년에 철거해서 잔디를 깔아 박물관 앞마당으로 바뀌었다.

지금은 사라진 건물의 옆면

아쉽게도 우리가 연구하고 공부했던 이 건물은
철거되었다. 그 자리는 박물관 앞마당이 되었다.
사진의 오른쪽 끝에 보이는 벽돌건물이 박물관이다.

그곳에서 공부하고 연구한 졸업생들과 이야기하다 보면, 다들 사라진 건물에 대한 아쉬움이 컸다. 우리 재직 교수들이나 졸업생 중 누가 노벨상이라도 받았다면 이 건물이 기념관으로 보존되었을 텐데 하면서 안타까움을 토로하기도 했다. 애환 가득한 그 낡은 건물은 이제 우리의 기억과 바랜 사진 속에만 남게 되었다.

특별히 기억에 남는 사진이 있다. 미국 미네소타 대학교에서 만나 친하게 지냈던 일본 가나자와대 암연구소의 무라카미 세이시 교수가 1991년 11월 15일 방문해 실험실에서 대학원생들과 같이 찍은 사진이다. 당시는 내가 귀국하고 부산대에 부임한 지 4년이 지났지만, 실험실의 장비들은 냉장고 몇 대와 중고 부화기뿐이었다. 선반도 학생들이 직접 앵글로 조립해서 설치했다. 연구시설이 열악하기가 이루말할 수 없었다. 이런 실험실을 본 무라카미 교수는 깜짝 놀라서 이런 데서 어떻게 실험하고 연구를 할 수 있느냐고 크게 걱정했다. 당시 우리는 벽에 걸린 시계가 우리 실험실에서 가장 최신 장비라고 농담하기도 했다.

1991. 11. 15, 유학시절에 만난 무라카미 교수의 방문

무라카미 교수(사진 중앙)는 열악한 연구시설을 보고
깜짝 놀랐다. 우리는 문 위에 걸어놓은 벽시계가
우리 실험실에서 가장 최신 장비라는 농담을 하기도 했다.

1995년 1월 28일에 찍은 사진도 기억에 남는다. 귀국 후 8년이 지나 꽤 많은 제자가 생겨 실험실에 대학원생들도 10여 명으로 늘어났다. 그러나 시설은 여전히 열악한 상태였다. 배수시설도 따로 없어 바닥에 플라스틱 배수관을 연결하여 하수구로 배출했는데, 겨울에는 이 관이 터져 실험실 바닥이 물바다가 되기도 했다. 그나마 부산은 여름에는 시원하고 겨울에도 그렇게 춥지 않아 이 열악한 실험실에서 나중에는 스무 명 가까운 대학원생들과 밤낮없이 분주히 실험하고 연구에 몰두했다.

연구결과를 국제 암학술지에 발표하려면 제대로된 실험을 해야 하고, 그러려면 암세포 배양을 위한 항온항습 기능을 갖춘 세포배양실이 있어야 한다. 그런 시설이 없는 우리에게는 겨울은 춥고 여름에는 전기가 수시로 단전되어 힘들게 키운 배양세포들이 다 죽는 일이 다반사로 일어났다. 기본 시설이 열악한데다 분자생물학 연구에 필요한 고가의 장비를 구입할 연구비는 턱없이 부족했다. 귀국 전 하버드대 암연구소에서 하던 첨단의 암연구는 엄두도 내지 못했다.

1995. 1. 28. 제자들과 함께

겨울에는 사무실과 실험실 모두 석유난로로 난방했다.
배수시절도 없어 임시로 마련한 플라스틱 배수관이 얼어
터지기도 했다. 그래도 함께 공부하고 연구하는 제자들은
꾸준히 늘었고, 그들과 함께 밤낮없이 연구에 몰두했다.

그렇다고 손 놓고 있을 수는 없었다. 이 상태에서 어떻게 하면 암연구를 할 수 있을까 고민에 고민을 거듭했다. 그 무렵 미국에서 처음 제안된 암세포의 증식에 혈관이 필요하다는 가설에 눈을 돌렸다.

암이 계속 증식하려면 암세포 분열에 필요한 산소와 영양분을 혈관을 통해 공급받아야 하므로 암세포 분열이 왕성한 악성암조직에는 새로운 혈관이 많이 생긴다는 가설이다. 이 가설에 따라 새로운 혈관 생성을 차단할 수 있는 혈관생성 억제제를 개발하면 악성암의 치료 제가 될 수 있다는 것이다. 이 가설은 당시 미국 하버드 의대의 주다 포크만 박사가 제안했다.

이 가설에 근거해 혈관생성 과정과 새로운 혈관생성을 억제하는 물질에 대한 연구가 미국에서 1990년대 초에 막 시작되었다. 그리고 무엇보다 우리에게 다행이었던 것은 혈관생성 연구 모델로 연구비와 실험장비가 거의 없어도 가능한 닭의 수정란을 사용할 수 있다는 점이었다.

수정란은 부산 근교 김해 부화장에서 저렴하게 구입할 수 있었다. 수정관을 흔들어 부화시키는 부화기는 중고로 싸게 구매했다. 수정란 껍질 중 일부를 조심스럽게 까면 껍질 아래에 CAM(chorioallantoic membrane)이라는 얇은 막이 있고, 이 막 위에 수정란이 부화되면서 많은 혈관이 새로 생긴다. 따라서 CAM에 혈관 생성억제제 후보물질을 도포한 플라스틱 조각을 놓으면 그 억제 효과를 쉽게 확인할 수 있다. 이 실험법을 CAM assay라 한다. 우리가 국내에 처음 정착시킨 실험법이다. 악성암 치료제 개발을 위한 혈관생성 억제제 연구를 아주 저렴한 비용으로 시작한 것이다.

혈관생성 억제제 후보물질로는 부산지역에서 쉽게 구할 수 있는 두톱상어와 양산지역에서 나는 약용식물들을 대상으로 했다. 두톱상어는 연골어류인데, 연골에는 혈관생성이 억제되므로 그런 효능이 있는 물질이 무엇인지 조사하기에 적합하다. 두톱상어는 크기가 어른 팔뚝만 하고 횟감으로 맛이 없어 자갈치 시장에서 싸게 구입할 수 있었다.

연구시설도 연구비도 없었지만, 그렇게 우리는 방법을 찾았다. 덕분에 세계적으로 본격적인 연구가 막 시작된 첨단분야의 연구를 국내에서도 추진할 수 있게 되었다. 그리고 그 연구결과를 실은 논문이 국제학술지에 게재되었고, 여러 연구비를 받게 되었다.

실험과정에 난감한 일도 많았다. 당연히 억제제 후보물질이 모두 성공적인 것은 아니었다. 혈관생성을 억제하지 못하면 수정란은 부화를 하게 된다. 그러면 아침에 출근해 보면 밤새 부화한 병아리들이 삐약거리면서 실험실을 돌아다니는 경우가 많았다. 이런 상황이 되면 옆방 다른 과 교수들에게 시끄럽고 냄새난다고 항의도 많이 받았다. 여기가 무슨 장바닥이냐고.

저렴하게 구입한 닭의 수정란을 활용한 실험법은 우리가
국내에 처음 정착시킨 실험법이다. 악성암 치료제 개발을 위한
혈관생성 억제제 연구를 아주 저렴한 비용으로 할 수 있는 방법을
찾은 것이다. 그러나 그 과정이 순탄하지만은 않았다.
아침에 실험실에 들어가면 밤새 부화한 병아리들이
삐약거리면서 실험실을 돌아다니기도 했다.

몇 년 뒤 암이 재발하기 전인 2010년에 스페인 바르셀로나로 세 식구가 가족여행을 갔다. 그때 세계적으로 저명한 건축가인 안토니오 가우디가 설계한 구엘공원에 가보았다. 그 공원의 독창적인 특이함과 창의성은 누구나 감탄하게 되는데, 나 역시 마찬가지였다. 특히 크게 감명받은 것은 그 공원을 디자인하고 건축할 때 사용한 재료들이 그 근처에서 쉽게 구할 수 있는 유리 조각, 돌, 타일 등이었다는 사실이다.

세계적인 위대한 건축가가 주위에서 쉽게 구할 수 재료들을 사용해 이처럼 환상적이고 독특한 작품을 창조했다는 것이 나의 초기 혈관 연구와 비교되어 많은 공감이 갔다. 그때는 서울대로 온 이후였는데, 바르셀로나에서 돌아와 실험실 대학원생들에게 그 사실을 들려주면서, 시설이나 장비보다 더 중요한 것은 '지금, 여기' 자신이 놓여 있는 환경을 창의적으로 이용하는 창조적인 사고라고 강조했다. "지엽적인 것이 세계적"이라고 덧붙이면서.

2010. 2. 4. 스페인 바르셀로나 구엘공원에서

가우디 건축물을 보면서 혈관연구를 떠올렸다.
중요한 것은 주어진 시간적 공간적 환경을
창의적으로 이용하는 창조적 사고이다.

임신과
육아일기

임신 무렵인 1989년 10월 5일부터 아내는 자신의 몸무게, 배둘레,
종아리둘레 등 몸의 변화를 세밀하게 기록하고, 읽어봐야 할 책, 들
어야 할 태교음악, 그리고 먹어야 할 음식 등 태교에 좋은 모든 것을
빠짐없이 기록하고 이를 실천했다.
몸과 마음에 큰 변화를 겪으면서 엄마가 되는 과정은 힘들었겠지만,
아내는 그 변화를 놀랍고 경이롭게 바라보았다. 뿐만 아니라 뱃속 아
기에게 최선이 될 수 있도록 엄마로서 할 수 있는 일을 찾아 공부하
고 실천하려고 노력했다.

임신은 모든 여성에게 크나큰 일이지만 아내에게도 무엇보다 큰 중
대사였다. 임신 무렵부터 쓴 육아일기는 딸아이가 점점 성장하면서
육아라는 표현이 어색해져도 멈추지 않았다. 심지어 타계하기 며칠
전까지 써 내려갔다. 마치 비디오로 촬영하듯이 일어난 일들을 상세
히 적어 놓았다.

※ 영아의 음악감상법

하루에 1~2시간 정도 음악을 접하게 한다.

악기를 바꾸어가면서 그리고 곡이 길면 지루하므로 1악장씩 들려준다.

현악기 – 아기들을 진정시켜주고 이완시켜줘서 사랑을 느끼게 한다

관악기 – 적당한 자극을 주어 삶의 동기를 만들어준다.

피아노 – 가장 뛰어난 표출 능력이 있어서 일찍이 감정조절의 기초가 된다.

자장가 – D장조의 성악곡

기타– 음악장난감 등

비발디

사계, 바이올린협주곡 RV.253 "폭풍의 바다", C장조 "즐거움", B♭장조 "사냥"

첼로협주곡 G장조, E단조,

플루트협주곡 F장조 "바다의 폭풍우", D장조 "방울새"

기타협주곡 B단조, 2개의 트럼펫을 위한 협주곡 작품75, "조화의 영감" 작품3

2개의 만돌린 현악합주를 위한 협주곡 G장조, 트럼펫과 현을 위한 협주곡 D장조

오보에협주곡 D장조, 피콜로협주곡 C장조

모짜르트

피아노협주곡 14번, 15번, 20번, 21번, 26번

바이올린협주곡 B♭장조, G장조, D장조, A장조

호른협주곡 1번, 2번, 3번, 4번, 클라리넷협주곡 A장조, 바순협주곡 B♭장조, 트럼펫협주곡

피아노 소나타 F장조, B♭장조, A장조, C장조

베토벤

바이올린협주곡 D장조 로망스 제2번

바이올린소나타 1번, 2번, 3번, 5번, 9번

플루트를 위한 세레나데, 피아노소나타 2번, 4번

— 1989. 11. 14. 일기

육아 시기인 1990년 7월 12일과 13일 일기를 보면 딸애의 수면시간과 젖과 우유 먹은 시간과 양, 소변 본 시간, 복용약, 그리고 딸애의 표정과 행동 등을 시간 별로 빠뜨리지 않고 기록해 두었다.

육아 시기가 지난 후에도 딸애와 관련된 것은 자세히 기록했고, 점차 남편과 자신에 대한 것도 같이 적기 시작했다. 육아일기를 쓰면서 생긴 습관인지 모르지만 분 단위로 기록할 때도 많았다. 여행을 가거나 심지어 산책할 때도 분 단위로 기록을 해두었다.
한강변을 산책할 때를 기록한 것을 보면 의아하기까지 하다. 함께 걸으면서 이런저런 이야기를 했는데, 어떻게 그 많은 것을 분 단위로 기억할 수 있었을까? 눈치가 둔한 나는 전혀 몰랐지만, 조그만 메모장을 가지고 다니다가 틈틈이 시간과 있었던 일을 간략히 몇 개의 단어로 적어두고 나중에 그 단어들을 보면서 시간별로 상세히 기록했던 것일까?

7. 12		7. 13	
11:45~4:10 수면	4:10 양쪽 젖, 소변	12:45~4:00 수면	12:45 양쪽 젖, 대변
4:10~5:30 〃	5:30 우유 50cc	4:00~5:45 〃	4:00 한쪽 젖, 대변
5:50~8:20 〃	8:20 양쪽 젖, 소변	5:45~7:00 〃	5:45 양쪽 젖
10:40~11:40 〃	8:20~10:20 놀다	7:00~10:10 〃	7:00 우유 50cc
12:50~2:00 〃	10:20 양쪽 젖, 소변	10:10~12:30 〃	10:10 양쪽 젖, 물똥
3:00~4:15 〃	11:40~12:50 보채다	2:00~3:50 〃	12:30 우유 50cc, 물똥
4:45~7:00 〃	2:00 양쪽 젖, 소변	3:50~6:30 〃	1:45 목욕
7:00~8:15 〃	2:00~3:00 놀다	6:30~8:00 〃	2:00 양쪽 젖, 소변
8:45~9:45 〃	3:00 우유 40cc, 소변	8:25~9:30 〃	3:50 양쪽 젖
10:50~11:45 〃	4:45 한쪽 젖	10:00~1:00 〃	6:30 가루약, 소변
11:45~12:45 〃	7:00 양쪽 젖, 소변		8:00 양쪽 젖, 소변
	8:30 우유 40cc		8:20 물약
	10:10 양쪽 젖, 소변		9:30 양쪽 젖

선재가 태어난 지도 1개월이 지났다. 그동안 벼르고 별렸던 음악을 들려줬다. 눈동자가 커지면서 놀라는 표정으로 스피크 쪽으로 눈동자를 이리저리 굴리는 모양이 신기하다. 윗입술 중간부분에 젖을 빨아 피부가 벗겨져 흰 껍질이 자주 떨어진다. 우유를 먹이고는 트림은 필수적이고 30분~1시간 정도 안고서 소화를 시킨 다음에 눕혀야겠다. 요즘 들어 젖을 너무 자주 올리고 양도 많은 것 같다.

선재동자가 나오는 《화엄경》 <입법계품>편을 읽다. 생활이 너무 무질서하고 체계가 잡히지 않은 것 같아, 아기가 좀 울더라도 시간 맞춰 젖을 먹이고 재워야겠다. 엄마가 대구에 잠깐 가셔서 밀린 빨래를 했더니 손가락 사이사이가 가렵고 발바닥도 안 좋다.

선재가 열이나고 설사를 한다. 전번에 병원에서 가져온 가루약과 물약을 먹여 업고 재웠다.

화장실에 다녀오니 베개를 침대 삼아 자다가 떨어졌는데도 편히 자는 모습이 너무 귀여워 사진을 찍다.

며칠 전까지만 해도 저녁 8시에서 1시까지 잠을 자지 않고 울며 보챘는데 이제는 밤낮을 구별하는지 낮에 그런 식으로 보채고 밤에는 잘 자는 것 같다. 그래서 한결 수월하다.

- 1990. 7. 12~13, 육아일기

출산과
육아

아내의 출산 예정일은 7월 중순었는데, 한 달 일찍 1990년 6월 13일 새벽에 양수가 터졌다. 급히 고신대 병원 응급실에 가서 산부인과에 입원했고, 제왕절개로 딸아이를 출산했다. 임신 중에 커다란 자궁근종이 발견되어 임신이 끝까지 유지될지 걱정했는데, 다행히 9개월까지 진행되었다. 딸아이는 몸무게가 2.76kg으로 조금 작지만 건강하게 태어났다.

자궁근종이 너무 커서 악성종양으로 변할 가능성도 있고 유산될 수도 있다고 해서 걱정이 많았다. 심지어 출산을 포기하자는 의견도 있어 어떻게 해야 하나 고민이 많았다. 그때 다른 의견을 잠재우고 잘 관찰하면서 끝까지 가보자고 하신 분은 연로하신 담당 교수님이었다. 조산이긴 했지만 무사히 출산했고 소중한 딸아이가 우리에게 온 것은 모두 그분 덕택이다. 아직도 깊이 감사드리고 있다.

새벽 3시 반경에 무언가 오줌을 싸는 것 같더니 이슬이 지고 양수가 쏟아진다. 우선 급한 대로 타올로 생리대를 만들어 밑에 대고 병원에 가져갈 준비물을 이것저것 챙겼다. 어제 머리를 감고 잤더니 머리가 온통 산발이다. 머리만 감고 띠를 매고 다리에 묻은 양수를 대강 씻고 택시를 타고 4시 좀 넘어 병원 응급실에 도착했다.

택시 안에서부터 4시 조금 전부터 진통이 시작되어, 처음에는 맨스 때처럼 배가 우리하게 아파오기 시작했다. 병원에 도착해서 한참 누워 있으니 의사가 와서 시간을 재보더니 30초 간격으로 진통이 온다고 한다. 어제 피곤했던 탓으로 자고 났더니 온 얼굴이 퉁퉁 부어 있다. 과장선생님 출근하실 때까지 수술 준비를 모두 마쳐야 한다며 의사, 간호사들이 왔다 갔다 하면서 분주하다. 누워 있으니 양수가 계속 나와 규원씨더러 패드를 한 봉지 사오라고 했다. 관장하고 소변검사, 혈액검사를 하고 있으니 정재훈 선생님께서 오셨다. X-Ray 촬영 때 규원씨는 매점에 아침식사를 하러가 혼자 했더니 좀 찝찝하다.

수술실에 들어가 누우니 9시 20분가량 되었다. 소독약 바르고 산소마스크 비슷한 것으로 들숨날숨 3번 정도 하니 정신이 없어지는 것 같았다. 그 뒤는 분만대기실에서 열남이 학생이 보였다. 수술실에 실려 나올 때 비몽사몽 간에 2.76kg, 딸이라는 말을 들었다. 수술은 1시간 30분 정도 했다고 한다.

여태껏 아들인 줄 알았는데 딸이라니, 아들 딸에 대한 차별에서 오는 서운함보다도 한쪽으로만 생각하다가 전혀 생각지 않았던 다른 한쪽을 생각해야 하는 어려움이 있었다. 병실이 없어 분만대기실에서 한참 기다리다가 9층 1등실로 옮겨 좀 있으니 엄마가 오셨다.

- 1990. 6. 13. 육아일기

저녁 6시경에 가스가 나오다. 산모우울증인지 몸도 제대로 못 가누고 해서 미루다가 낮에 휠체어를 타고 처음 애기를 보러 갔다. 빨갛고 한쪽만 보조개가 들어가는 것이 신기하다. 손가락도 길쭉길쭉하고 발도 크다. 제발 키가 커야 할 텐데. 저녁에 애기에게 처음 젖을 먹이다. 조그만 입으로 오물거리며 빠는 모습이 여간 귀엽지가 않다.

- 1990. 6. 15. 육아일기

신생아실에 있는 아기를 처음 본 것은 이틀 후인 6월 15일이었고, 아내는 6월 25일부터 아기에게 먹인 젖과 우유, 대소변 등을 기록했다. 그러나 8월 2일부터 아내 몸에 두드러기가 심하게 나타나 약을 먹는 바람에 모유를 더 이상 먹이지 못하고 우유만 주게 되어 몹시 안타까워했다.

그후 아내는 애기의 일거수일투족을 세밀하게 기록했고, 웃을 때 생기는 코주름 같은 얼굴 표정을 일기장에 그려놓기도 했다. 이 기록을 보면 돌 무렵에는 몸무게가 9.5kg, 키가 75cm로 정상아 수준이 되어 조산의 걱정에서 벗어나 많이 안심했다.

4/23. …… 선재가 누워서 장난감을 들고 무어라고 중얼거리면서 잘 놀고 있다. 욕실에 불 켜는 소리에 이쪽으로 돌아보며 막 기어온다. 욕실 바닥에 기어들어올까 봐 문을 닫고 나가보니 아까 놀던 자리에 애가 없다. 전에처럼 장식대 밑 빈 공간에 들어갔나 싶어 들여다봐도 없다. 갑자기 가슴이 철렁한다. 그런데 안방 요 깔아놓은 데 엄마 베개 옆에 앉아서 나를 쳐다보며 웃는다. 거기가 자는 곳인 줄 아는가 보다. 눕히니 순식간에 잠이 든다.

오늘 국제신문에 <명사 수필 릴레이>란에 "여보, 벚꽃 좀 보오"라는 정재훈 선생님(선재를 받아준 선생님)의 글을 읽고 울어버렸다. 선재를 임신하고 있을 당시, 사모님께서 간암으로 고신의료원에 입원 중이며 시한부 생명이라는 얘기를 들었다. 그때는 내 걱정이 커서 그런가 보다 생각했는데 선재를 낳고 며칠 뒤 세상을 뜨셨다고 한다. 그 그리움을 글로 표현해 놓으셨다. 잔잔하면서도 애절한 그분의 마음을 읽는 듯하며, 한편 선재 아빠 생각도 나고 해서 눈물이 나도 모르게 줄줄 흘러내린다. 그분의 글을 읽으면서 우리도 서로 아껴주고 사소한 것에 화내지 말아야겠다는 생각이 든다.

4/24. 540cc. 6회/2회, 4회, 노른자 + 밤 2개 + 딸기 10개, 밤에 미역국 말아 주다. 거실에 펴놓은 상 밑에 기어들어가 놀다가 일어서려고 하니까 머리가 부딪치니 어쩔 줄 몰라 운다. 하도 우스워서 꺼내주었다. 윗니가 4개 한꺼번에 나려나 보다.

4/25. 520cc, 5회/2회, 4회, 이유식 230g(현미, 검은콩, 김, 멸치, 쇠고기, 당근, 시금치), 노른자 + 밤 2개 + 딸기 6개

선재가 코를 찡그릴 때 생기는 주름 모양. 가는 것은 잔주름. Y자 모양.

선재는 웃을 때 콧잔등을 찡그리면서 웃는다. 코에 주름까지 지어가면서. 오른쪽 윗니가 좀 삐죽 나온 듯하다. 낮에 동요를 들려주니 상을 잡고 서서 궁둥이를 들썩거린다. 반상회에 갔더니 사람들이 많이 모여 거실의 베란다 쪽 문을 열어 놓았는데, 문 쪽으로 한참 앉아 있었더니 추운지 기침을 하여 젖을 올린다.

– 1991. 4.23∼25. 일기

딸아이는 어릴 때 불과 이마가 통통하고 코는 자그마하고 검은 눈이 초롱초롱하여 그 모습이 귀여워 내가 스케치를 하기도 했는데, 아내는 그걸 일기에 오려 붙여두었다. 좋아하는 일에 몰입하는 것이나 기억력이 아주 좋은 것은 엄마를 닮은 것 같았다. 그 작은 손으로 신발을 가지런히 정리하는 모습을 보면 아빠를 닮은 것도 같다.

이 무렵 아내의 일기 내용은 대부분이 육아에 관한 것으로, 아내가 얼마나 육아에 몰입했는지, 얼마나 정성을 다했는지 알게 된다.
육아에 대한 여러 자료를 모으고 그 중 중요한 것들은 일기장에 요약해 옮겨 적어 놓았다. 예를 들면, ≪너의 꿈을 펼쳐라≫(이원숙 저, 김영사), ≪유치원에서는 너무 늦다≫ (아부카 마사루 저, 삼중당), ≪키우는 대로 거둔다≫(김병열 저, 샘터유아교육신서) 등의 책 내용을 인용하거나 요약해 놓았다. 놀잇감에 대한 정보, 이유식 조리법, 아기체조 방법 등도 일기장에 요약 정리해 놓고 마음속에 새겨 실천하려 했다.

이 그림은 저녁을 먹고 엄마가 설거지를 하는 동안 아빠가 선재랑 놀면
서 선재를 그린 그림이야. 선재와 너무 닮아서 오려 붙였어. 아빠는 그
림에 소질이 있으셔서 선재 초상화를 그려 달라고 엄마가 부탁을 했었
는데, 계속 바쁘셔서 못 그리셨어. 책 쓰는 거 다 마쳐놓고 정식으로
그려 주시기로 했으니까 기다려 보자.

                              − 1992. 6. 8. 일기, 두 살 무렵의 선재

이렇게 아내는 육아에 전념했고, 딸아이가 커서는 좋은 짝을 만나 결혼시키는 것이 자신의 의무이고 크나큰 소망으로 삼았다. 그리고 그 소망이 아내가 병마의 고통 속에도 삶을 지속시켜 나가는 큰 버팀목이 되었다.

1997년 2월 19일 선재가 유치원을 졸업하고 3월 5일에 부산 해운대에 있는 초등학교에 입학했다. 그 후 아내의 주관심사는 딸아이의 학교생활과 방과후 활동이었다. 일기의 대부분이 그에 관한 것이다.

혼자 등교하기 위해 어깨에 가방을 메고 조작조작 걸어가는 선재를 창문 너머로 우리 부부는 한없이 쳐다보았다. '이제는 혼자서 학교에 가는구나' 하는 대견한 생각이 들면서, '부모 품을 조금씩 벗어나 드넓은 세상으로 들어가 혼자 헤쳐 나가야 하는구나' 하는 애틋한 마음도 동시에 들었다.

처음 입학했을 때에는 딸애가 수줍어하고 부끄럼도 많이 타서 학교생활에 적응을 잘 할까 걱정을 많이 했다. 하지만 기우에 지나지 않았다. 얼마 지나지 않아 친구들을 사귀면서 활발해졌고, 학급반장도 했다. 고학년이 되어서는 전교 어린이 회장에 출마하기도 했다.

3/5. 입학식. 원래 상당에서 하기로 했는데 운동장 마무리가 덜 되어 좌동에서
    하다. 1학년 7반. 아직 두고 봐야겠지만 담임선생님은 전체 선생님 중에 제일
    나이가 많으신 것 같다. 젊은 선생님이었으면 좋으련만, 선재도 "우리 선생님은
    교장 선생님 같아요." 한다. 교장선생님도 여선생님이시다. 스냅사진을 찍다 보
    니 (지은이도 몇 장 찍어주고) 어른 찍을 필름이 없다. 곽지은, 허수진 모두
    한 반이다. 더부살이 수업이다. 복도에 의자를 놓고 6명씩 6줄(36명) 앉았는
    데 선재는 5번째 앉았다.

3/6. 자기 소개하는 법을 어젯밤에 연습시켰는데 "할 사람 손들어"라고 해 두
    번째로 발표했단다. "안녕하십니까? 제 이름은 김선재입니다. 저희 가족은
    아버지, 어머니, 저, 모두 3명입니다. 제가 제일 좋아하는 것은 만들기이고,
    좋아하는 음식은 된장찌개입니다. 제일 좋아하는 색은 분홍색과 노랑색입니
    다. 만나서 반갑습니다." 이렇게 연습했는데 가족 소개를 빼먹었단다. 잘했다
    고 칭찬박수 받았고, 선생님 얼굴 그리는 시간에도 잘 그렸다고 칭찬받았단다.
    할머니는 부모의 기질로 봐서 그렇게 용기 있게 손들고 못 할 줄 알았는데,
    그렇게 하고 왔다니까 대단히 좋아하신다.

3/7. 더부살이 수업을 한다고 MBC에서 수업 장면을 찍어갔다고 하더니 9시 뉴
    스에 선재가 잠깐 나온다. 옆으로 비스듬히 앉아 턱을 고고 있다. …… 낮
    에 외출할 때 할머니가 물방울무늬 티셔츠를 입으니까 "촌스럽다. 다른 거 없
    나? 어제 입었던 빨간 거 입어라." 하더란다. 할머니가 우스워 죽겠단다.

- 1997. 3. 5~7. 일기

선재가 전교 어린이 회장에 출마했을 때는 우리 부부에게도 특별한 순간이었다. 전교생을 대표하는 학생회장이 되겠다고 나선 것만도 우리 부부에게는 놀라운 일이었다. 부끄럼이 많다고 걱정했던 게 정말 있었던 일인지 의심스러울 정도였다.

선재는 선거를 위해 포스터를 만들기도 하고, 친구 몇 명과 같이 선거운동에 필요한 춤을 고안하여 선거운동을 하기도 했다. 하루는 친구들과 함께 집에 와서 춤의 안무를 짜고 호흡을 맞추어야 한다고 우리더러 밖에 나가 계시라고 했다. 궁금해서 보고 싶었는데, 자리를 비켜주지 않을 수 없었다.

그렇게 집에서 쫓겨난 우리는 아파트 길 건너 벤치에 앉아 집 쪽을 바라보고 앉았다. 신기하기도 하고 대견하기도 했다.

"선재는 우리하고는 다른 것 같아요. 사람들 앞에서 부끄럼 없이 춤도 추려고 하고……."

아내의 목소리에도 신기함과 흐뭇함이 동시에 묻어 있었다.

일본에서
두 달

미국 박사과정 때부터 친하게 지냈고 귀국 후에도 교류를 이어온 일본 가나자와 대학교의 무라카미 교수가 주선해 겨울방학 두 달 동안 가나자와(金沢市)에 머물 기회가 있었다. 가나자와는 우리나라 동해 쪽에 가깝고 인구가 50만 명 정도 되는 소도시이다. 문화유적지가 많고 도자기·금박 제조 등 공예예술로 이름이 나 있고, 가나자와성과 일본 3대 정원 중 하나인 겐로쿠엔을 비롯해 옛거리가 그대로 보존된 곳이 많아 '리틀 교토'라 불리는 곳이다.

숙소도 마침 그 대학교에서 임대한 아파트가 있어 거기서 지낼 수 있었고, 일본 문부성에서 지원하는 교환교수 월급을 받게 되어 여유있게 일본에서 생활할 수 있었다. 게다가 제자가 그곳 연구소에 박사과정을 하고 있어서 여러 모로 도움을 받아 편하게 생활했다.

1999년 12월 13일에 내가 먼저 가나자와에 도착했고, 며칠 지난 12월 24일 아내와 선재가 오사카 간사이 공항에 도착해 합류했다. 가나자와로 가기 전에 교토와 오사카에 들러 교토대학교에서 공부하고 있던 제자 부부도 만나고, 그 두 곳을 먼저 구경했다.

그리고 12월 28일 기차로 가나자와에 도착해 다음해인 2000년 2월 21일까지 두 달을 보내면서 가나자와 시내뿐만 아니라 도쿄, 하꼬네, 후쿠오카, 벳푸, 홋카이도 등 일본 여러 지역을 두루 구경할 기회를 가졌다.

일본 여러 지역 중 선재에게는 도쿄 디즈니랜드가 가장 좋았겠지만, 우리 부부에게는 홋카이도의 삿포로 눈축제가 가장 기억에 남았다. 삿포로의 시내 중심지의 오도리 공원과 스스키노, 쓰도무에서 열리는 '눈과 얼음의 축제'는 세계적으로 유명한 겨울축제 중 하나이다. 그때 본 224개의 눈과 얼음으로 제작한 거대한 설상과 환상적인 얼음 조각들이 기억에 깊이 새겨져 있다.

아내도 그때의 여행을 집을 나서는 순간부터 돌아올 때까지 특별히 상세하게 기록해 두었다. 눈조각 203개와 얼음조각 21개, 합해서 224개의 조각이 있었다는 것도 아내의 일기장을 보고 이제야 알았다.

… …여기서도 얼음미끄럼을 타려고 해(거기보다 훨씬 길었다) 그러라고 했더니, 계단으로 올라가 차례를 기다리고 있다. 빨리 타고 내려와야 다른 곳도 구경하고 관광버스를 타는데, 내려오는 모습을 무비카메라로 찍으려고 아빠도 기다리고 있는데, 아무리 기다려도 안 내려온다. 표정을 보니 처음 계단을 걸어서 올라갈 때는 좋아서 손을 흔들더니 점점 어쩔 줄 몰라 하는 듯했고, 선재 앞에 자꾸 다른 애들이 새치기를 하는 것 같았다. 내가 올라가 어서 타라고 했더니 그제야 타고 내려오는데 표정이 굳어 있다. 엄마한테는 잘도 달려들더니 그런 건 왜 양보하고 그러느냐고 야단을 쳤더니 그 뒤부터는 나하고는 사진도 찍으려 하지 않고 풀이 죽어 있다. … … 꾸중을 하고 보니 날씨가 너무 추워 볼도 푸르죽죽한 게 너무 안 되어 보인다.

상점 앞에서 여느 때처럼 액세서리를 구경하기에 눈 모양 열쇠고리를 가리키며 "예쁘네!" 하니까 저도 그렇단다. 아빠 옆구리를 찔러 하나 사주라고 몰래 귀띔을 했다. 파란 키티 모양으로 하겠단다. 그것 사고부터는 조금 생기가 돈다. 나오는 입구에 미니 눈사람들이 늘어서 있어 가보니 눈사람을 찍는 도구가 있었다. 역시 일본사람답다. 시간이 있었으면 한번 만들어봤을 텐데 아쉬웠다. 게다가 눈이 얼어 있어서 다져서 넣어야 하기 때문에 시간이 많이 걸릴 것 같았다. 아쉬워하는 눈치여서 나중에 가나자와에 가서 눈사람을 만들자고 약속하고, 다른 사람이 만들다 실패한 덩어리를 모아둔 곳에 가서 대충 동그랗게 생긴 것 2개를 골라 눈사람 흉내 냈다. 그때서야 미끄럼 탈 때 상황을 토로한다. 미끄럼틀이 ⬜ 얼음 이렇게 되어 있어서 자기 탈 차례가 되면 얼른 얼음 위로 올라가야 하는데 우물쭈물하니까 조그만 애들이 계속 새치기를 했단다. … …

길이 얼어서 옵시 미끄러웠다. 엉금엉금 기어가다시피 걸어야 했다. 여기에는 수백 개의 작품들이 있었다. 한국작품도 있었는데 용 모양으로 2002라고 쓴 숫자 위에 축구공 모양이 올라가 있었다. LG에서 만든 코너도 있었다. 양쪽 사이드까지 보는 데 시간 40분쯤 걸렸다. … … 한국사람도 많이 오나 보다 한국어로 된 안내가 군데군데 눈에 띈다.

224개

	雪像	氷像
大	4	2
中	9	1
小	190	18
계	203	21

– 2000. 2. 8. 일기

또 하나 기억에 남는 것은 일본인 단체 관광객들의 모습이다. 삿포로 눈축제는 가나자와에서 출발하는 2박 3일 일정(2000년 2월 7~9일)의 단체관광으로 다녀왔는데, 일행이 우리 세 식구를 포함해 총 31명이었다. 우리 가족을 빼고 다 가나자와 주변의 일본인으로서 대부분 가족들이거나 친구들 모임이었다. 2박 3일 동안 같이 버스도 타고 식사도 하고 단체사진도 몇 번 찍었다.

그런데 우리 세 식구한테는 단 한마디도 말을 걸어오지 않아, 처음에는 우리가 한국인이라서 그런가 생각했다. 그런데 나중에 보니 같은 일본인들끼리도 자기 팀끼리만 소근소근하지 다른 팀원들과는 말을 나누지 않았다. 일본인들은 남의 일에 간섭을 안 한다더니 그래서 그랬던 것 같다. 우리나라에서는 같이 며칠간 단체여행을 가면 식사자리에서 서로 통성명하고 직업, 고향, 나온 학교 등을 서로 묻다 보면 선배, 후배, 형님, 아우 식으로 친밀해져 밤이면 술도 같이 마시는 게 자연스러운데, 일본인들은 그렇지 않았다.

가나자와에 있는 동안 아내와 선재는 일본 전통 공예와 종이접기 수업도 듣고, 시내에 있는 아름다운 정원인 겐로쿠엔과 여러 유적지, 재래시장, 절 등을 마음껏 즐겼다. 전통정원 겐로쿠엔은 아내의 기록대로 "수백 년 이상 된 나무들, 연못, 연못에 반쯤 잠긴 정자 모양의 등(燈)이 아름답고 깨끗하게 꾸며져 있어 한 폭의 그림 같았다. '부부송'이라는 소나무도 있었는데 두 그루의 나무가 중간에서 껴안듯이 엉켜 기대고 있었다."

오미쵸라는 재래시장에서는 신선한 해산물을 싸게 팔아서 초밥과 회를 실컷 사먹기도 했다. 시내 번화가 바로 옆에 옛 사무라이가 살던 집들과 절들이 많아 골목 골목을 돌아다니면서 여유롭게 구경하는 것도 큰 재미였다. 특히 닌자데라(忍者寺)라는 절 내부는 외부에서 침입하는 첩자나 적군을 방어할 수 있는 갖가지 기묘한 장치와 장비들이 설치되어 있어, 쇼군시대 각 지역 영주와 쇼군 사이의 살벌하고 치열한 경쟁관계를 엿볼 수 있었다.

아내는 선재에게 한 약속을 지켰다. 삿포로 눈축제에서 시간에 쫓겨 눈사람을 만들지 못해 선재가 아쉬워하자 가나자와도 눈이 많은 곳이니 눈이 오면 만들자고 약속했었다. 며칠 지나자 정말 가나자와에 함박눈이 내렸다. 2월 15일부터 내리기 시작해 며칠 계속되었다. 2월 16일 아내는 선재를 데리고 집 근처 공원에 가서 눈사람을 만들었다. 부산은 겨울에도 날씨가 포근해서 선재는 10살이 될 때까지 눈다운 눈을 못 봤는데, 쌓인 눈도 구경하고 눈사람도 처음으로 만들어 봤으니 선재에게는 잊지 못할 장면일 것이다.

가나자와는 겨울 동안 거의 매일 흐리고 진눈깨비나 눈이 오는 날이 많았다. 그런 날에는 도로 한복판에서 따뜻한 온천수가 뿜어져 나와 눈들을 금방 녹여준다. 그러다 보니 눈 녹은 물이 보행로에까지 질펀해서 겨울에는 긴 장화가 필수품이다. 우리가 지낸 두 달 동안에도 내내 흐리고 우중충하면서 춥고 습한 날씨가 계속되었다.

어제에 이어 오늘도 계속 눈이 내린다. 점심을 먹고 집 근처에 눈이 많이 쌓인 곳으로 가서 눈사람을 만들었다. 나는 눈사람, 선재는 사슴(얼굴 모양)을 만들었는데 보기보다 쉽지 않다. 눈을 다져가면서 만들어야지 그렇게 하지 않으면 애써 만들었는데 깨지곤 했다. 1시간여 동안 둘이서 만들었다. 선재는 처음 눈사람을 만들어 보았을 것이다. 몸을 구부린 채 눈사람을 만드니 나도 그렇지만 선재가 허리가 아파 자꾸 쪼그리고 앉았다. 지난번에 롤러스케이트를 타다가 다친 허리다.

만들 때는 덥고 땀이 났는데, 집에 돌아오니 추워 둘 다 욕조에 몸을 담그다. 목욕을 하고 나와 식탁에 앉아 공부를 하는데, 몸이 나른하고 춥고 눕고 싶은 마음이 굴뚝같다. NHK에서 방영하는 애니메이션 <오자루마루> 하는 시간까지만 겨우 견디다가 선재는 TV 보게 하고 그 사이 나는 한숨 잤다.

– 2000. 2. 16, 일기

2000년 2월 21일 서울을 거쳐 부산으로 돌아오니 포근하고 밝은 날씨가 그렇게 반가울 수가 없었다. 움츠러들고 우울한 감정과 몸상태가 눈 녹듯이 사라지고, 몸과 마음이 활력을 얻고 제자리를 찾은 듯했다.

세월이 지나 2016년 4월에 가나자와를 다시 방문할 기회가 생겨, 가족과 같이 살던 가나자와 의대 병원 앞 조그만 아파트에 가 보았다. 16년이 지났는데도 주변 골목길까지 전혀 변하지 않고 그때 그 모습 그대로였다. 선재가 항상 따라와서 무얼 사달라고 조르던 골목 입구에 있는 동네 식품점도 그대로였다. 식품점의 상품 배열조차 변한 게 없어 보여 일본인의 특성을 다시 한번 실감했다.

우리가 살던 아파트 아래로 내려가면 주택가가 있고, 그 사이로 작은 골목길이 길게 이어져 있다. 그 골목길 끝자락쯤에 일본 선불교를 서구에 알린 스즈키 다이세츠(鈴木大拙, 1870~1966)의 생가가 있어 가끔 그곳에 가보곤 했다. 스즈키 박사를 알게 된 것은 내가 고등학교 2학년 여름 방학 때이다. 집에 있던 스즈키 박사의 ≪선불교(Zen Buddhism)≫ 영문 문고판을 우연히 보게 된 것이다.

스즈키 박사의 ≪선불교≫ 영문 문고판

1956년 출판된 책인데
나는 고등학생일 때 이 책을 통해
스즈키 박사를 알게 되었다.

이 책은 1956년 출판된 것인데, 고등학생이었던 1969년에 나는 책의 앞부분을 조금 읽고 내용을 잘 파악하지 못했지만 동북아 선불교를 서양에 처음 소개했다는 것은 마음속에 깊이 새겨져 있었다. 그런 스즈키 박사의 생가가 우리가 지낸 아파트 근처에 있고, 가는 골목도 어릴 적 살던 대구 집 근처의 정감어린 골목길을 닮아 틈이 나면 가보곤 했다.

16년이 지나 다시 가나자와를 방문했을 때에도 스즈키 박사의 생가를 찾아갔다. 그곳으로 가는 골목은 여전했다. 그런데 그곳에 새 건물이 들어서 있었다. 스즈키 기념관이었다. 이 기념관은 뉴욕 현대미술관이 재개관했을 때 설계를 맡았던 세계적인 건축가 다니구치 요시오가 2011년에 디자인한 건물이라고 했다.

기념관에는 사색공간동도 있어 관람객들이 가만히 앉아 사색하고 명상할 수 있는 공간도 마련되어 있다. 내부는 건물을 둘러싼 고요한 물 표면이 내다보이는 창과 흰색 또는 검은색의 벽, 어둡고 긴 복도와 나무바닥으로 구성되어, 사색공간이라는 이름 그대로 번뇌와 망상이 가라앉고 잡념이 끼어들 틈이 없었다. 내부 공간은 극도로 절제되고 단순화되어 일본의 선적인 사색공간을 잘 구현했다는 평을 받는다.

그렇게 일본 장인정신의 정수를 보여주는 건물이 들어섰지만, 나는 아쉬웠다. 그곳에서는 스즈키와 선불교가 증발해 버린 느낌이었다. 16년 전의 조그만 생가에는 스즈키 박사가 사용하던 책상과 필기구와 책들이 정감있게 배열되어 있었다. 그곳에서는 훨씬 더 푸근한 모습의 스즈키를 느낄 수 있었고, 그가 추구하던 선불교의 면모도 더 가깝고 친근하게 느낄 수 있었다. 지금의 기념관은 건축물로서 극한의 수준을 보여주지만, 냉정하고 건조하게 느껴진다.

스즈키 기념관의 사색공간동

긴 복도를 따라 걸어 물에 둘러싸인 단순한 모양의
건물 안으로 들어가면 극도로 절제되고 단순화된
내부공간을 만나게 된다.

이는 마치 경주의 황남빵과 일본의 화과자를 연상시킨다. 황남빵도 일제강점기에 시작되어 근 100년이 지났지만 다소 투박하고 꾸밈없는 모양과 맛이 그대로 유지되고 있다. 이에 비해 화과자는 극도로 세련되게 발전해 함부로 손대지도 못할 정도의 날선 위세와 거리감을 내뿜는다. 나는 경주 황남빵을 더 선호한다. 음식이 극단으로 갈 필요는 없을 듯하다. 손이 쉽게 가고 부담 없이 먹을 수 있어 더 푸근하고 정감이 간다.

스즈키 기념관도 극도로 긴장된 상태보다는 뭔가 좀 허술한 구석이 있고, 모든 잡념과 망상이 끼어들지 못하도록 하는 것보다 잡념을 허용하는 건물 구조가 더 낫지 않을까. 사람이 살아가는 데 잡념이 없을 수 있을까. 끊임없이 외부와 상호소통하면서 살아가야 하는데.

류마티스 관절염
치료 여행

아내는 1990년 딸아이 출산 후 두드러기와 알레르기가 심해 고생했다. 약을 먹어야 하니 모유 수유를 중단했는데, 무척 속상해 했다. 그러다 1992년에 들어 류마티스 관절염이 나타나기 시작했다. 당시는 류마티스란 말도 생소했고, 관절이 아프니 정형외과에서 치료를 받았다. 그후 30년 동안 아내는 류마티즘으로 고통을 받고 결국 그 병의 악화로 세상을 떠나게 되었다.

초기에 발병했을 때 잘 치료했더라면 관절의 변형이나 고통이 훨씬 덜 하였을 텐데, 당시는 류마티즘을 전문으로 하는 류마티스내과도 없었던 시절이라 병원에서 제대로 치료받지 못했다. 그래서 용하다고 소문이 난 한의원이나 양의원을 수소문해서 전국 여러 곳을 찾아다녔다. 서울, 경주, 평택, 수원, 대구, 대전, 청주 등 가리지 않았고, 그럴 때마다 딸아이는 내가 꼭 안고 데리고 다녔다.

당시 아내의 일기를 보면, 아내는 자신의 고통에 대해 별 말이 없다. 평소 무덤덤한 아내의 성격이 그대로 드러난다. 제자들은 아내를 두고 "보살 같은 분"이라는 말을 하는데, 아마 아내의 그런 성격 때문일 것이다. 그런 아내도 딸아이에 대해서는 예사롭게 여기는 것 없이 매사에 관심을 가지고 지켜보았다. 종일 누워 있어야 할 만큼 몸이 아팠을 때에도 온통 관심이 딸아이에게 가 있었다.

치료를 위해 전국으로 여행을 다닐 때 장모님은 아이를 집에 두고 가라고 하셨다. 특히 무더운 여름에는 애도 고생이고 부모도 고생이라고 두고 가면 당신이 봐주시겠다고 했다. 하지만 한사코 안고 다녔다.
"무거운 돌덩이를 안고 다니면 힘들지만, 애를 품에 안고 가면 하나도 무겁지 않고 오히려 따뜻하고 포근함을 느낍니다."
장모님께 그렇게 말씀드렸다.

손가락을 너무 빨아 빨갛게 부풀었다. 그래서 손가락을 가리키며 자꾸 빨면 빠빠도 못 먹고 까까도 못 먹고 과일도 못 먹고 우유도 못 먹고 … 했더니, 빠빠가 끝나자 지가 먼저 까까, 과일 하면서 달랜다.

내가 몸이 아파 누워 있는 사이 선재가 두 번 쌌는데 모두 아빠가 치웠다. 전에는 대충 휴지로 닦고 기저귀만 갈아줬는데, 새해부터는 마음을 달리 먹었는지 물로 궁둥이를 씻기고 기저귀도 털어놓는다.

- 1992. 1. 5, 일기, 류마티즘 발병 즈음

평택에 내 한약을 지으러 가느라 일찍 일어났다. 아침도 먹는 둥 마는 둥하고 기차를 탔는데, 배가 고픈지 두유, 주스 등 음료수만 잔뜩 마시더니 배가 아프다고 한다. 찻간 화장실에 데리고 가서 종이를 깔고 누라고 하니 싫다고 울면서 왔다. 환경이 달라지면 잘 안 나오는 모양이다. 한의원에서는 개가 무서워 아빠한테 딱 달라붙어 운다. 기차를 타고 돌아오면서도 화장실에 안 간다. 차를 타자마자 골아떨어져 정신없이 잔다. 내일 학원에 갈 수 있을까?

- 1993. 6. 21, 일기

딸애를 품에 안고 전국을 다닐 때

아내의 치료를 위해 용하다고 소문이 난 한의원과 양의원을 찾아
전국을 돌아다녔다. 선재를 안고 아내와 함께 집을 나설 때면
언제나 기도하는 마음이었다.

내일 서울, 대전을 거쳐 청주에 가야 하기 때문에 유치원 선생님께 편지를 써야 했다. 아침 챙겨주느라 바쁜 와중에 내 수첩을 잃어버려 선재 수첩을 빌리려 하는데 안 된단다. 타이르고 어르자 한참만에야 허락한다. 아무튼 제 물건에는 손도 못 대게 한다. 어렵게 선재 수첩을 빌려 편지를 썼다. "선생님, 수고 많으십니다. 선재는 내일(금요일) 결석합니다. 서울 가는 데 데리고 가려 합니다. 가정통신문은 김성수 편으로 보내주십시오." … …

— 1995. 5. 18. 일기

선생님이 왜 서울 가느냐고 물어 엄마가 아파 약 지으러 간다고 했단다. 관절염이라고 했단다. 선재도 처음 반표(할인표)를 사서 타고 가니 저도 편하고 우리도 편하고 아주 좋다. 선재는 아빠랑 앉고 나는 다른 사람과 같이 앉았다. … … 대전으로 내려가서 우리를 레전드호텔(유성)에 데려다주고 아빠는 학회하는 장소로 가셨다. 둘이서 그 옆에 있는 식당에 가서 저녁을 사먹고 들어와서 씻고 침대에 누워서 마주보고 이야기했다. 아빠가 안 오시니까 "엄마! 초인종이 없어 아빠는 어떻게 오시겠노!" 한다. 아파트 같지 않고 초인종이 없으니까 걱정이 되는 모양이다. 내 눈에 쌍꺼풀을 만들어주며 저도 만들어 달란다. "눈을 한번 깜박하니 금방 없어져 버린다!" 그러면서 "김윤경이는 왜 맨날맨날 쌍꺼풀이 있어요?" 한다. 이상한가 보다.

— 1995. 5. 19. 일기

어제 비도 오고 호텔 실내가 좀 썰렁한 것 같더니 감기 들었는지 콧물을
흘린다. …… 아침을 먹고 아빠가 회의에 가시고 둘이서 TV 보면서
앉아 있는데, 그것도 심심한지 어제 오행생식원의 할아버지가 한 것처럼
내 배를 만지면서 "자, 아코디언처럼 숨을 쉬세요!" 한다. 또 목을 잡
고 이쪽저쪽으로 틀어본다. ……

아빠 제자가 태워줘서 유성 시외버스터미널까지 가서 청주로 갔다. 청
주 한약방은 허탕을 치고 유명하다는 올갱이국만 먹고 오다. …… 집
나서면 고생이라더니 힘든 나들이를 했다. 아빠도 내 병수발을 하시느라
고생이 많고, 선재도 엄마 약 구하러 다닌다고 전국을 따라다닌다.

– 1995. 5. 20. 일기

114

아내도 그랬고 나도 그랬다. 다른 많은 부모들과 마찬가지로 아이에 대한 충만한 사랑을 몸에 담고 살았다. 하지만 나는 강의실과 연구실에서 지내는 시간이 많았고, 때론 학회나 학교 일로 출장을 가는 일도 많아 아내와는 정도가 다를 것이다. 하루종일 매순간 딸아이와 함께 지내고 교감하는 아내에게 딸아이는 일상이면서 고통을 이겨내며 살아가는 의미이기도 했다.

과학자인 내게 아이와 나누는 교감은 학문적 관심이기도 했다. 많은 부모들이 아이를 안고 다니면 나와 같은 느낌과 감정을 경험하리라 생각한다. 그 느낌과 감정은 좀더 근원적이다. 딸애의 보드라운 피부 감촉과 솔방울 같은 손에서 나는 약간 시큼한 땀내음, 구슬 같은 입을 벌려 하품할 때 나는 젖내, 그리고 안고 있을 때 느껴지는 뭐라고 말할 수 없는 따뜻하고 포근한 감촉과 체온 등 모든 것이 우리의 오감이나 감정, 생각보다 더 깊숙한 곳에서 부모자식 간을 연결해 주고 있다. 그 깊숙한 연결의 끈은 어디에 있을까? 눈에 보이지 않지만 딸애와 나를 연결시키는 그 무언가가 몸속에 있을 것 같다. 그것은 아마도 우리 몸속 미생물과 관련되어 있지 않을까?

미생물은 우리 눈에 보이지 않지만, 전 지구상에 모든 것을 연결하면서 존재하고 있다. 우리 몸속에도 10조 개로 추정되는 인체 세포 수보다 10배 이상 많은 100조 개가량의 미생물이 살고 있다. 그 중 일부는 병을 일으키기도 하지만 대부분의 미생물은 우리 몸의 세포들과 평화롭게 상리공생이나 상조공생 관계를 맺고 같이 살고 있다.

최근 20년 사이의 의생명과학 분야의 가장 획기적인 발견은 이런 미생물들이 인체 장기들을 서로 연결시켜 정상 기능을 발휘하도록 하여 건강에 지대한 영향을 미친다는 사실이다. 대표적으로 장내의 박테리아들이 뇌 기능에 영향을 미쳐 뇌질환인 강박증, 자폐, 우울증, 치매 등의 발병에 관여한다는 놀라운 사실이 발표되어 과학계를 충격에 빠뜨리기도 했다. 이제는 장의 미생물들이 ─ 여기에는 세균 외에도 곰팡이 같은 진균, 고균, 원생생물, 바이러스 등이 포함된다 ─ 뇌뿐만 아니라 심장, 간, 신장 등 다른 장기에도 영향을 미친다는 것이 알려졌다.

이러한 미생물이 이루는 군집의 조성은 각 개인별로 다 다른 독특한 구성을 하고 있어 우리 각자의 건강 상태와 성격뿐만 아니라 심지어 독특한 체취 등을 형성하고 있다. 또한 우리 몸의 세포들과도 긴밀한 연결관계를 맺고 있어, 긴 시간에 걸쳐 인간과 인체 미생물이 공진화한 것으로 예측된다.

이런 개인별 미생물 군집의 독특한 조성은 출생 무렵 어머니로부터 신생아에게 가장 많이 전달되고, 그 후에도 지속적으로 부모나 가까이 있는 사람에게서 전달되어 형성되었을 것으로 예상한다. 따라서 부모와 자식 간에는 다른 사람들과는 다른 독특한 미생물 군집 간의 상호교류와 공명현상이 일어날 것으로 보이고, 그 공명현상이 우리가 감지할 수 있는 냄새나 감촉 등 오감으로 드러날 것으로 추정된다.

이것이 그 깊숙한 곳의, 말로 설명할 수 없는 연결의 끈을 이루고 있는 근저가 아닐까. 남과는 다른 나와 딸애의 특별한 미생물 군집 간의 상호연결 네트워크가 서로 호응하고 공명하는 것이다.

디자이너가
되려나

선재는 유치원 다닐 무렵부터 스케치북을 항상 끼고 다니며 늘 무언가를 그렸다. 특히 귀여운 여자애를 자주 그렸고, 중얼중얼 그 여자애와 같이 대화하면서 혼자 잘 놀았다. 초등학교 2학년 때에는 이런 자기 모습을 학교에서 '나의 자랑 발표' 시간에 자신이 그리기에 몰두하고 있고 자신 있음을 친구들 앞에 발표하기도 했다. 그 무렵 그린 토끼 그림과 3학년 때 그린 연필과 자기 손을 그린 그림은 아내가 버리지 않고 일기장에 붙여 놓았다.

학년이 올라가면서는 당시 유명한 가수들의 캐릭터들을 즐겨 그렸다. 가수들에게 관심을 가질 나이였으니 친구들이 몰려와서 자기들에게도 그려달라고 해서 여러 장을 그려주었다고 한다. 그러면서 연필만 쥐면 마술처럼 쓱쓱 잘 그려진다고 자부심 가득히 이야기하기도 했다. 아마도 오랫동안 스케치북을 끼고 다니면서 틈만 나면 그린 것이 이제는 손에 익어서 능숙해진 듯했다.

내일 학교에 가져갈 '나의 자랑발표' 적은 것을 베껴 본다.

"주제: 그리기

저는 그리기를 무척 좋아합니다. 집에서 틈만 나면 그림을 그립니다. 특히 사람을 잘 그립니다. 자기 전에도 낮에도 시간만 있으면 그림을 그립니다. 그림과 이야기도 나누면서요. 너무 몰두해서 그리다 보면 시간이 후딱 지나가 버려서 놀랄 때가 한두 번이 아니랍니다. 그림 속의 아이와 대화를 하다 보면, 제가 그 속의 주인공이 된답니다. 어때요? 여러분, 그 상상의 세계로 가 보실래요?"

‒ 1998. 11. 17. 일기

며칠 전에 학교에서 그린 것인데 너무 귀여워서 붙여봤다.

‒ 1998. 7. 9. 일기

연필과 손

‒ 1999. 4. 25. 일기

눈물을 흘리고 있는 소녀를 그렸는데 친구들이 잘 그렸다고 몰려와 막 그려줬단다. 여러 명에게. "나는 이 손이 문제야! 연필만 쥐었다 하면 마술처럼 쓱쓱 잘 그려지니."

- 1999. 7. 2. 일기

요즘 스케치북에 늘상 그리는
그림인데 가수 보아 같다. 컬러풀하다.

- 2002. 9. 30. 일기

4살 무렵부터는 꾸미고 치장하는 것에 관심을 가지고 기발하게 잘 고안해 나중에 디자이너가 되려나 생각한 적이 여러 번 있었다. 아내도 관련된 일화를 일기장 여러 곳에 기록해 뒀다. 내가 기억하는 일화도 있었다. 1994년이었는데, 선재가 머리 묶는 방울을 머리띠에 끼워 귀 아래로 달랑거리게 만들고는 내게 달려와 물었다.

"아빠, 예쁘제?"

4살 아이가 액세서리에 관심을 가지는 것도 신기하지만, 그 아이디어나 솜씨가 깜찍해서 놀란 표정으로 아내에게 물었다.

"이거 선재가 한 거 맞나?"

그러자 아내는 그렇다고 대답했다. 그래서 선재를 보며 말했다.

"선재는 나중에 디자이너 될래?"

아내도 그런 생각을 했나 보다. 그해 10월 일기에 아이가 샴푸통에다 휴지를 뜯어 목도리라고 두르고 핀으로 고정을 시켜주는 것을 보고 이렇게 적었다.

"선재는 나중에 커서 장식가나 디자이너가 되려나."

그리기와 꾸미기뿐만 아니라 동시와 글짓기도 곧잘 했다. 글을 배우면서는 이런저런 글을 써서 보여주곤 했다. 유치원에 다니면서는 어설프지만 동시 짓기를 했다며 보여주기도 했다.

아내의 일기에는 그때 아이가 쓴 글이 여러 개 남아 있었다. 아내가 옮겨 적은 것도 있고 선재가 글을 쓴 종이를 일기장에 붙여두기도 했다. 초등학교 5학년 때는 국어 시간에 동시 〈해의 일과표〉를 짓고, 담임선생님께 칭찬을 받았다는 내용도 기록해 두었다.

아내는 어린애다운 재미있는 표현도 놓치지 않았다. 유치원에 다닐 때 뭔가 골똘히 생각하고 있을 때 엄마가 말을 걸면 "그러면 생각이 무너져요."라고 했단다. 그리고 초등학교에 입학한 뒤에 김치를 먹으면서 "잎부분에 주름살이 많아요."라고 해서 그것도 표현이 우습다고 일기에 적어 놓았다.

유치원에서 동시 짓기를 하는 모양이다. 집에 와서도 끄적여본다.

<감기>

겨울예는 감기가
잘걸어요 겨울예
그러니까 따뜻한
잠바나 장갑이나
끼고 다녀야지

- 1995. 12. 7. 일기

<아기>

아기가 잠을 자네
무슨 꿈을 꾸는지
새록새록 잠을 자네

꿈나라에서 잡아주는
따뜻한 엄마손
아가는 행복한 미소를 짓네
아가는 아가는
새록새록 잠을 자네

<신호등>

신호등이 깜박깜박
차들이 왔다갔다
빨간불이 켜지면
모두다 제자리에
노란불 켜지면
준비하고
초록불 켜지면
쌩쌩 달려가지요
그래도 그래도
신호등이 화를 낼까봐
살곰살곰 달려간대요

<보슬비>

보슬보슬 보슬비가 내립니다
소리없이 보슬비가 내립니다
조용히 여러 개의 동그라미를
그립니다

- 2000. 7. 2. 일기

국어시간에 동시 <해>를 배우면서 그 느낌을 동시나 글로 나타내라고
하셨단다. 선재는 동시를 썼다.

<해의 일과표>

해의 일과표는
날마다 똑같구나.

아침에 바다를
빨갛게 색칠하고

낮에는 화가 나
하얀 빛을 내뿜다가

저녁엔 저 간다고
산으로 쏙 숨어버린다.

– 선생님의 평
여기저기 비유한 말들이 곳곳에 보이네!
("일과표", "화가 나"에 밑줄을 그어주셨다.)
"쏙" 귀여운 말이네.
잘 쓴 시다!
앞으로도 자주 많이 써라.

– 2001. 3. 7. 일기

124

초등학교 5학년 때의 일은 나도 기억한다. 하루는 플루트 연습을 소홀히 한다고 엄마한테 꾸중을 들었는데, 나중에 선재가 엄마에게 사과 편지를 써서 주었다고 한다. 그날 저녁에 아내가 선재의 편지를 보여주며 마지막 문장을 보라고 했다. 거기에는 이렇게 적혀 있었다. "제 운명을 엄마께 맡깁니다."

아이의 편지를 보여주는 아내도, 보는 나도 많이 웃었다.

아내의 일기에서 그날 일을 읽는 지금도 웃음이 절로 난다.

선재는 음감도 뛰어났다. 한번 들은 곡은 잘 기억했다. 악기 연주도 곧잘 했다. 수학이나 과학도 그런 대로 잘했으나 좋아하거나 흥미를 보이지는 않았다. 아무래도 예술적 기질이 더 있어 보였다. 하지만 아내와 나는 그림은 대학 들어가서 취미로 하고 이공계를 전공하기를 바랐다. 방과후 활동으로 과학 관련 취미반에 보내기도 했다. 초등학교에 다닐 때까지는 그렇게 서로의 요구와 희망이 큰 문제 없이 공존했다.

중학생이 되어서는 달라졌다. 2학년 때 선재는 미술을 하고 싶다는 확고한 의지를 보였다. 미대로 가고 싶다고 했다. 나는 딸아이가 그렇게 눈물을 많이 흘리는 것을 그때 처음 보았다. 더 이상 우리 주장을 강요할 수는 없었다.

그때부터 선재는 미술학원을 다니기 시작했다. 당시 우리는 서울로 이사 와 낙성대 근처에 살고 있었는데, 미술학원은 광진구에 있었다. 버스 2번과 지하철을 갈아타고 왕복 3시간에 걸리는 거리였다. 아내는 계속 반대했다. 하교 후 밤늦게 그 먼 거리를 오가는 것도 불안한 일이었다. 늦게 시작하였음에도 선재가 예고에 합격하자 이 모든 것이 정리되었다. 아내도 고집을 꺾고 딸을 후원하기 시작했다. 그렇게 선재는 정말로 디자이너가 되었다. 지금도 딸아이는 부모의 심한 반대를 무릅쓰고 자신의 의지를 관철해 디자인 공부를 시작한 것에 큰 자부심을 가지고 있다.

03 서울시절

고통과 함께한 시간

2001
2022

서울 생활
시작

부산에서는 1987년 3월부터 2001년 7월까지 14년가량 살았다. 그곳에서 딸아이를 낳았으니, 선재의 고향은 부산이다. 마지막 몇 년은 해운대 신시가지 아파트에 살면서 해운대 바닷가에 자주 가서 지금도 선재는 바다를 좋아한다. 내게도 바다는 삶의 배경이었다. 매일 해운대 해변 길을 따라 출퇴근하면서 그 탁 트인 바다와 함께 하루를 시작하고 마무리했다.

부산에는 바다뿐만 아니라 산도 있다. 금정산이 부산대를 끼고 있고 우리가 살던 아파트 옆에도 백양산과 장산이 있어서 바다와 산을 다 즐기고 누릴 수 있었다. 기후도 바다의 영향으로 여름에는 시원하고 겨울에는 온화하게 따뜻하여 사계절 다 살기가 좋은 곳이었다. 거기에다 부산 특유의 활달하고 꾸밈없는 친구들과 선후배 교수님들, 그리고 많은 제자를 만나서 부산을 떠난 지 20여 년이 지났지만 아직도 자주 만나고 교류하는 큰 행운과 복을 누리고 있다.

2000년 9월 내가 서울대에 임용되었다. 2학기가 시작되는 시점이고 곧바로 강의를 해야 해서 혼자 원룸을 얻어 생활하면서 서울과 부산을 오갔다. 부산 집을 정리하고 딸아이의 전학 수속도 밟고 서울에 살 집도 마련해야 해서 아내와 딸아이는 부산에 있다가, 다음해 2001년 7월 30일에 서울로 다같이 이사했다.

우리가 이사한 곳은 낙성대에 있는 서울대 교수아파트였다. 오래되고 낡은 아파트라 겨울에는 벽쪽에 붙어 있는 라디에이터로 난방했고, 베란다가 없어 바로 바깥으로 노출된 안방 창문으로 찬 바람이 들어 창문을 비닐로 감싸야 했다.

지금도 그렇지만 그 당시 부산과 서울의 집값 차이가 엄청나서 부산 집을 판 것으로는 서울에서 집 구할 엄두가 나지 않았다. 게다가 어디에 집을 구해야 할지 감이 잡히지 않았다. 실험실을 이전시키고 대학원생들과의 연구가 차질 없도록 하는 데 온 신경이 가 있어 집을 알아볼 여유도 없었다. 그런 상황에서 교수아파트 입주가 감지덕지 제일 나은 선택이었다. 거기서 한 4년 가까이 있었는데, 그러고 나자 집값이 훌쩍 더 올라 처음 왔을 때 어떻게 해서든지 집을 구하지 못한 게 후회되기도 했다.

선재는 그때 5학년이었다. 2학기에 전학했는데, 다행히 학교생활에 잘 적응했다. 부산 사투리로 놀림을 받지도 않았다. 집에서 우리와 이야기할 때에는 부산 사투리를 그대로 썼지만, 학교에 가서 친구들을 만나면 금방 서울말을 따라했다. 지금도 경상도 말을 그대로 쓰고 있는 우리 부부에게는 딸아이의 놀라운 적응력이 그저 감탄스러울 뿐이었다.

그림 솜씨도 선재가 학교생활에 적응하는 데 한몫을 한 것 같다. 당시 인기 많았던 가수 보아의 캐릭터를 잘 그려 부산에서와 마찬가지로 반 친구들이 서로 그려 달라고 했단다. 전학 온 다음 해인 6학년 때는 학급반장이 되기도 했다.

서울 생활을 잘 적응하는 것과는 별개로 부산 생활에 대한 그리움은 여전했다. 특히 친구들과 헤어지는 것은 무척 힘든 일이었을 것이다. 그 무렵 선재의 마음이 그대로 드러나는 시가 아내에 일기에 기록되어 있었다. 〈내 친구〉, 〈저녁 무렵〉 같은 시다. 멀리 서울로 전학을 와서 부산 있을 때 사귄 친한 친구를 생각하는 그리움, 그렇게 흘러가는 시간에 대한 아쉬움이 그대로 전해진다. 이제는 "사진이 아니면 볼 수 없는" 친구를 언제 다시 만나 "친구야" 불러볼 수 있을지 안타까움과 절절한 우정을 표현해 두었다.

나는 당시에 딸아이가 이런 캐릭터를 그리고 친구에 대한 간절한 우정과 감성이 있는 시를 짓기도 했다는 사실을 전혀 몰랐다. 아내의 일기 덕분에 내가 놓쳐버린 딸애의 새로운 면모를 이제야 알게 되었다.

<내 친구>

내 친구가 담긴
사진 몇 장

전화벨 울리면
친구일까
가슴이 콩당콩당

너무너무 할말도
많은데 너무나
멀리 떨어져
있는 내 친구

이제 사진이 아니면
볼 수 없는 친구지만,
그 누구보다 친한 내 친구

언제언제 다시 만나
친구야 친구야
불러볼까

– 2001. 8. 30, 일기

서울대에서
연구를 시작하다

서울대에서 연구는 수업과 마찬가지로 임용되자마자 시작했다. 그러는 중에 부산대에서 해온 연구가 성과를 내기 시작했다. 서울에 갓 올라온 나와 대학원생들이 함께 밤을 새워가면서 그 결과를 정리한 논문을 수정하고 보완하는 작업을 했다. 그렇게 고생한 보람이 있어 2001년 〈네이처 메디슨(Nature Medicine)〉지를 필두로 2002년 〈셀(Cell)〉지 등 세계 최고 수준의 학술지에 논문이 게재되었다.

2000년 서울대에 온 그해 겨울, 마감시간에 쫓기면서 새벽까지 논문 교정본을 준비한 날을 잊지 못한다. 나는 내 연구실에서 수정된 논문을 꼼꼼히 검토해 복도 건너편 실험실에 있는 대학원생들에게 넘겨주면 다시 수정해 나에게 가져오는 작업을 반복했다. 그날 새벽에 논문을 완성해 오전 중에는 보내야 하는 긴박한 상황이었다.
얼마나 정신 없었는지 보여주는 일화가 있다. 대학원생들이 정신없이 두 방을 오가다가 새벽 3시 무렵 수정된 논문을 나에게 가져다 주기 위해 문을 노크했다. 기다려도 대답이 없자 한 명이 "어, 교수님

어디 가셨나?" 했고, 그 말을 들은 동료가 "화장실 가신 모양이네."라고 했단다. 그러다가 문득 깨달았단다. 노크한 문이 내 방문이 아니었던 것이다. 학생들이 있던 실험실의 문을 열고 나와 복도 건너편에 있는 내 방으로 와야 하는데, 자신들이 있던 실험실 문을 노크했던 것이다. 이렇게 위치 감각까지 잃을 정도로 논문 교정 작업에 몰두해 준 제자들 덕분에 서울에 오자마자 우수한 연구성과를 연달아 발표할 수 있었다.

2003년도에도 〈네이처 메디슨(Nature Medicine)〉지에 논문이 게재되었다. 3년 연속 세계 최고 수준의 학술지에 발표하는 것은 학자로서는 영광스러운 일이었다. 주위 동료 교수들도 놀라워 했다. 지금은 이런 학술지의 게재가 빈번해졌지만, 당시에는 국내에서 거의 처음이다시피 했다.

2003년에 발표한 논문은 인체의 혈관들이 어떻게 장기별로 다른 형태와 기능을 가지게 되는지를 설명하는 가설을 세운 것이었다. 대표적으로 뇌혈관은 혈관 내의 독성물질이 뇌쪽으로 새어 나가지 않도록 아주 단단한 장벽 구조를 이루고 있다. 이를 뇌혈관장벽이라고 한다. 이에 비해 간조직의 혈관들은 혈관 내 물질들이 간조직 쪽으로 잘 흘러갈 수 있도록 혈관벽이 아주 느슨한 형태로 되어 있다. 그 당시에는 어떻게 체내 혈관들이 이처럼 다른 형태와 기능을 가지게 되는지 규명되지 않았는데, 우리가 혈관 주변의 산소농도가 그런 역할을 한다는 가설을 이 논문으로 발표했다. 즉 산소농도 같은 혈관 주변의 미세환경요인이 혈관의 분화에 깊숙이 관여한다는 새로운 사실을 규명한 것이다. 이 가설은 그 당시 신선한 아이디어로서 스위스의 뇌혈관장벽 권위자가 우리 논문을 요약해 국제 학술지에 소개하기도 했다.

국내 최고상과
이견대인(利見大人)

연구에 몰입하며 보낸 세월과 함께 고생한 연구진들의 노고는 당시
국내에서 수여하는 최고 수준의 상들로 돌아왔다.

> 2002년 12월, 올해의 생명과학자상
> 2003년 4월, 대한민국 최고과학기술인상
> 2005년 6월, 호암상
> 2005년 9월, 닮고싶고 되고싶은 과학기술인상

특히 '대한민국 최고과학기술인상'은 정부가 과학기술인의 긍지를
높이고 최고의 영예를 위해 상금을 그 당시 파격적인 3억 원으로 정
하고 '과학의 날'에 대통령이 직접 수여하는 상으로 2003년 처음 시
상되었다. 나는 그 첫 번째 수상자가 되는 영광을 얻어 고 노무현 대
통령께 직접 상장을 수여받았다. 그리고 연구성과를 발표한 후 대통
령과 같이 식사하는 영예를 가졌다.

그리고 그 2년 후인 2005년에는 엄격한 심사를 거쳐 국내의 노벨상이라고 불리는 '호암상'을 받는 명예도 얻었다. 호암상은 삼성그룹의 이건희 회장이 부친 이병철 회장의 호를 따서 제정한 상이다. 한국계 외국대학 교수들도 후보가 될 수 있어 많은 수상자들이 미국 대학교의 한인 교수들이었다.

2005년에는 과학기술부와 한국과학문화재단이 수여하는 '닮고싶고 되고싶은 과학기술인상'에 선정되었다. 이름처럼 청소년들에게 롤모델이 될 만한 과학자에게 수여되는 상이라 뜻깊으면서 동시에 어깨가 무거웠다.

이런 성과는 실험실에서 함께 한 많은 제자들 덕분이다. 밤새워 같이 일하고 치열하게 실험에 대한 토의와 작업을 진행해준 제자들이 있어서 가능한 일이었다. 이는 주역에 나오는 '이견대인(利見大人)'을 누리는 큰 복이었다고 생각한다. 이 글귀는 뛰어난 사람을 만나면 자신에게 크게 이롭다는 뜻으로, 사람의 일생에서 젊을 때는 훌륭한 스승이나 선배를 만나는 것이 크게 성공할 수 있는 디딤돌이 되고, 나

대한민국 최고과학기술인상 수상

2003년 대통령이 직접 수여하는 상을
첫 번째로 수상하는 영광을 누렸다.

호암상 수상

2005년에는 국내의 노벨상이라고 불리는
삼성 호암상을 받았다.

이 들어 중장년기에는 좋은 제자나 후배들을 만나야 큰일을 성취하고 마무리할 수 있다는 말이다. 그래서 사람은 일생에 걸쳐 이 글귀를 새기는 때를 두 번 맞는다.

나는 석박사 과정 지도교수 두 분 중 한 분은 일찍 돌아가시고, 다른 한 분은 연구를 중단하셔서 젊었을 때는 '이견대인(利見大人)'이 어려웠으나, 교수생활을 하면서는 박사 57명, 석사 91명, 박사후 연구원 26명 등 170여 명의 많은 좋은 제자들을 만나 인생의 후반부에서 크게 이견대인한 셈이다.

지금도 마찬가지다. 여전히 여러 제자와 교류하고 있어 훌륭한 제자들을 만난 행운과 복을 나이 들어서도 크게 누리고 있다. 한 달에 한 번씩 찾아와서 내가 사는 곳 근처를 1~2시간 같이 걷고 저녁식사를 한 다음 헤어지는 제자들도 있다. 걷는 중에는 별말을 나누지 못하나 걷는 것이 건강에 좋다고 매달 찾아주니 그렇게 고마울 수가 없다.

미국 동부와
캐나다 토론토 여행

2002년 〈Cell〉지에 발표한 논문을 본 캐나다 토론토대학 교수가 2004년 1월 그 대학교 정기 세미나에 초청했다. 세미나 참석을 위해 출국하면서 아내와 딸도 함께 여행하기로 했다. 그래서 2004년 1월 13일부터 1월 25일까지 세 식구가 미국 워싱턴, 뉴욕, 보스턴을 거쳐 캐나다의 토론토, 나이아가라 폭포, 그리고 귀국길에 LA의 디즈니랜드를 둘러보는 가족여행을 했다.

미국 동부지역에는 그때 제자들이 여러 명 박사후 연구원으로 미국 국립보건원(NIH), 존스 홉킨스 대학 등에서 연수를 하고 있어서 공항에서 숙소로 이동하거나 주변 관광을 하는 데 많은 도움을 받았다. 워싱턴에서는 스미스소니언 박물관이 기억에 남고, 뉴욕에서는 제자가 티켓을 구해준 〈미녀와 야수〉 뮤지컬 공연이 아주 좋았다. 특히 중학생이었던 딸아이가 이 공연에 매료되어 나중에 대학생이 되었을 때 뉴욕을 몇 차례 가는 계기가 되기도 했다.

워싱턴 시간으로 1월 13일, 12시간 30분 비행 끝에 점심때쯤 도착했다. 워싱턴 덜레스공항에 권경술 교수님, 유욱·희재 학생이 마중 나와 있었다. '예촌'이라는 한식당에 가서 권 교수님은 육개장, 학생들은 런치박스, 우리는 물냉면(10.95$×3)을 시켰는데, 양은 엄청 많고 맛은 너무 없었다. 비행기에서 내리기 전에 기내식을 먹어서 그런지 반도 못 먹었다. 밥을 사주시는데 안 먹으면 너무 미안하니까 나만 억지로 먹었다.

우리가 묵을 스미스소니언박물관 근처 랑팡플라자호텔(L'enfant Plaza Hotel)로 가 짐을 풀고 아빠는 내복도 벗었다. 이곳은 춥다고 하더니 오늘은 봄날씨 같다. 유욱 학생이 우리를 호텔까지 데리고 왔고 오후 관광도 시켜주기로 했다. 백악관, 링컨기념관 등을 보고 저녁약속 장소인 한식당 '우미가든'으로 갔다. 식당으로 가는 동안 밤낮이 바뀐 데다가 너무 피곤해서 우리 셋은 고개를 이리 박고 저리 박고 하면서 정신없이 졸았다. 모처럼 갈비를 먹었는데 정말 맛있게 먹었다. 선재도 맛있었다며 나중에 또 먹고 싶단다. 거기다 비빔냉면까지 먹고 나니 배가 너무 부르다. 박능화 선생은 늦게 왔는데, 내가 인사를 했는데도 "사모님은 안 오신 모양이지요?" 한다. 너무 젊어 보여서 학생인 줄 알았다나. 20명 이상 모인 것 같다. 애기들까지. 기념으로 사진도 찍고 얘기도 나누다 숙소로 돌아와 일찍 잠자리에 들었다.

– 2004. 1. 13. 일기

그리고 보스턴은 우리가 신혼생활을 한 곳이라 세 식구가 같이 우리 부부가 살던 아파트와 자주 갔던 근처 식품점, 하버드 스퀘어, 퀸시 마켓, 내가 근무하던 암연구소 등을 둘러보니 감회가 새롭고 의미가 깊게 느껴졌다.

캐나다 토론토 대학의 세미나는 주최측에서 왕복 항공료와 체재비를 지원하는 만큼 일정이 만만찮았다. 전체 연구원들과 함께하는 정규 세미나는 물론, 세미나 후 여러 연구실의 교수와 연구원들과의 개별 토의시간이 촘촘히 계획되어 있어서 그날 아침부터 저녁식사 전까지 아주 사람의 진을 빼놓았다.

이런 점이 우리와 사뭇 달랐다. 우리는 외국에서 연사를 초청하면 정식 세미나 외에는 학교 소개나 관광 그리고 한국 음식을 대접하는 것이 일반적이었는데, 그곳에서는 관광이나 식사는 개인이 알아서 하도록 하고 연구성과에 대한 집요하고 심층적인 질문과 토의로 일정이 짜여 있었다.

신혼을 보낸 보스턴의 아파트 앞에서

2004년 1월에 딸과 함께 우리 부부가
신혼을 보낸 보스턴의 아파트를 방문했다.

내가 세미나에 참석한 날 아내와 선재는 하루 종일 호텔 방에 있었다. 그 다음날은 온 가족이 여행사를 통해 근처에 있는 나이아가라 폭포를 다녀왔다. 겨울이라 그런지 관광객이 그렇게 많지 않아 한산했다. 예전에 미국 쪽에서 많은 관광객 틈에서 보던 폭포보다 웅장한 감이 덜한 것 같았다. 아마 주변 분위기가 겨울이라 설렁하고 착 가라앉아 있을 뿐만 아니라, 두 번째 봐서 처음보다 그 강렬한 느낌이 덜해서 그런 듯했다.

짧은 일정이었지만 세 식구가 같이 미국을 여행하는 기회를 가져 즐거운 시간을 보냈다. 우리가 살던 동네를 돌아보는 것도 우리 부부에게는 특별했다. 그 때문인지 선재는 나중에라도 1~2년 길게 미국에 체류하고 싶어 했다. 교수들은 6년에 한 번씩 1년간 연구년을 쓸 수 있으니 그런 기회를 기대했다.

그러나 정년으로 퇴임할 때까지 그런 기회를 만들지 못했다. 부산대와 서울대에서의 재직기간을 합하면 30년이 되어 여러 번 쓸 기회가 있었지만 아쉽게도 한 번도 쓰지 못했다. 주위 많은 교수의 자녀들이

초중등 학생일 때 미국에 1~2년씩 다녀와서 국내 과외와는 거리가
먼 여유로운 미국의 학교생활을 경험하면서 영어 능력도 획기적으
로 늘릴 기회도 얻고 미국 곳곳을 여행하기도 했다. 아내와 딸아이도
그럴 기회가 있기를 바랐다.

하지만 부산에서 서울로 학교를 옮기면서 연구에 집중했고, 그 후에
는 내가 암환자가 되면서 그럴 기회를 얻지 못했다. 다른 교수들처럼
외국에서 연구년을 갖지 못한 것이 못내 아쉽고 가족에게도 미안한
마음이 많이 남는다.

비강암과
유서

서울대로 옮기면서 연구환경이 전과 비교할 수 없을 정도로 개선되었다. 연구비도 장기 대형 과제에 선정되어 연구 여건이 부산 시절보다 여러 모로 좋아졌다. 2000년 무렵부터 공모하는 연구 프로젝트들의 연구기간이 5년 또는 9년으로 길어졌고 연구비도 획기적으로 증액되어 세계적인 연구를 수행할 수 있는 여건이 조성되기 시작했다.

그리고 무엇보다 중요한 것은 박사과정 대학원생들이었다. 전국에서 우수한 학생들이 지원하여 본격적인 암혈관 연구를 추진할 기반이 마련되었고, 연구에 대한 열의가 충만해서 기대가 함께 높아졌다. 그 결과로 2002~2005년 사이에 우수한 논문을 연달아 발표하고 국내 최고상들을 수상했다.

그러나 사람의 일은 한 치 앞을 내다볼 수 없고, 부침 없는 삶도 없는 법이다. 2006년 겨울 청천벽력과 같이 악성비강암 진단을 받았다. 2006년 12월 코안에서 콧물이 나오고 코막힘 증상이 있어 서울대병원에서 조직검사한 결과 전혀 뜻밖으로 미분화 비강암 3기로 판정되었다. 이 미분화 비강암은 흔치 않은 악성암으로 그 치료법이 확립되어 있지 않고, 아주 빠른 속도로 증식해 진단 당시 앞으로 생존기간이 수개월이 될 수도 있다고 했다.

딸애가 대학에 들어갈 때까지라도 살아 있기를 간절히 바라면서, 아내와 고등학교 1학년인 선재에게 유서를 썼다. 힘든 입시과정을 거쳐야 하는 예민한 고등학교 시절에 아빠가 갑자기 없어지면 딸애가 제 길을 제대로 찾아갈까 하는 불안감과 걱정이 앞섰다. 앞으로 진로를 선택하고 자립해 나가는 과정에서 많은 어려움을 극복할 보살핌이 있어야 하는데 그러지 못할 것 같아, 유서를 쓰면서 아빠가 항상 옆에 있을 것이라는 믿음을 주고 싶었다.

"

네 손은 아빠 손처럼 길고 가늘어 많이 닮아 있지. 서로 손을 대보며 우리 손이 많이 닮았구나 자주 말했지. 아프거나 힘들어 눈물이 날 때, 위로받고 싶거나 아빠가 보고 싶을 때, 눈물을 닦고 아픈 데는 어루만지면서 네 손을 보면 그때 아빠가 네 손에 같이 있을 거란다.

"

이렇게 유서를 쓰고 나니 마음이 좀 안도가 되었지만, 그것은 잠시일 뿐 암이 펼치는 그 어둡고 무거운 장막을 걷어내기가 쉽지 않았다. 수술과 항암제 복용, 그리고 방사선 치료, 이 모든 것들이 몸에 큰 충격을 주었고, 얼굴 쪽 여러 기능인 미각, 후각, 청각 등을 망가뜨렸다. 그에 따라 마음도 끝없이 암흑 속으로 떨어지는 듯했다.

그 후 여러 재활치료와 동시에 명상 수련 과정을 거치면서 점차 몸과 마음이 회복되었다. 무엇보다 마음이 몸의 변화를 받아들이고 거기에 잘 공명하여 암흑 속을 빠져나오게 되었다.
그러면서 '나는 누구인가'라는 물음을 깊이 들여다보게 되었고, 지금은 나를 있게 한 모든 것에 감사드리고 있다.

두 번의 재발과
후유증

2006년 말 처음 비강암 진단을 받고, 2007년 항암제와 방사선 치료 등의 항암치료를 받은 후 3년이 지난 2010년에 처음 재발했지만, 수술로 제거할 수 있어 비교적 수월하게 치료가 되었다.

그러나 2년 후인 2012년 4월에 다시 재발했다. 이때는 수술만으로 치료되지 않아 방사선치료와 항암제 치료를 강하게 처치해야 했다. 아마도 마지막 기회라 생각해 병원에서도 다시 재발되지 않도록 최선의 치료를 한 것 같다. 방사선 치료도 2007년에 한 차례 했으므로 일반적으로는 다시 시행하지 않으나, 두 번째 재발하자 좀더 정밀하게 방사선을 조사하면서 항암제로 강하게 치료했다.

이런 강한 치료를 받고 나자 여러 가지 후유증이 나타나서 지금까지 그 고통이 지속되고 있다. 먼저 심한 변비와 턱관절 장애, 그리고 삼킴장애가 생겼다. 음식을 삼키지 못하니 몸무게가 10kg 정도 줄어들어 46kg밖에 되지 않을 정도로 몸이 매우 허약해졌다.

아빠가 왜 전화를 안 하셨지? 불안하다. PET-CT 결과가 안 좋은가? 아침에 눈 뜨니 허리가 몹시 아프고 오른쪽으로 누워 자서 오른쪽 어깨도 아프다. 소파에 앉아 있으니 허리도 묵직하고 위장 쪽이 몹시 불편하다. …… 내 예감이 맞았다. 선재가 혜정이랑 과제한다고 10시 반쯤 나가고 아빠한테 전화해 보니 자다 깬 목소리. 아직 아침도 안 먹고 좀 있다가 수경이와 정 선생이 오면 같이 점심을 먹으려고 한다고. 어제 일 마치고 일찍 들어와 김정훈 선생한테 전화를 해보니 전에 수술했던 자리 옆에 암이 좀 번졌고, 귀쪽에 또 생겨 2군데가 재발했단다. ……

– 2012. 4. 7. 일기

그래서 2012년 9월에 다시 입원해 코줄로 영양분을 주입하면서 삼킴장애에 대한 재활치료를 받았다. 회복되지 않으면 평생 코줄을 달고 살아야 한다고 했는데, 다행히 회복이 되어 퇴원할 수 있었다.

입원해 치료받는 동안 아내는 자신도 아픈 환자였지만 병실에서 같이 생활하면서 물심양면 간호를 성심껏 해주었다. 그리고 그 과정을 나의 병상일지로 조그만 노트를 가지고 다니면서 일거수일투족을 기록해 놓았다.

내가 병원에 입원해서 치료를 받는 동안 아내가 기록한 내용을 보면 어찌나 자세한지, 또 내가 회복되도록 얼마나 세심하게 관심을 갖고 노력을 기울였는지, 그 간절한 마음이 그대로 읽힌다. 그 덕분에 내가 병을 이기고 회복한 것 같다.

또 다른 장애로 수술에 의해 미각과 후각이 사라지고, 항암제와 방사선 치료에 의해 청각도 점차 상실되었다. 오른쪽 귀는 완전히 사라지고 왼쪽 귀는 조금 남아 있으나 보청기를 착용해도 바로 앞사람의 말도 잘못 알아들을 정도의 고도 난청의 장애를 가지게 되었다.

새벽 1시, 기침을 그렇게 심하게 할 수가 없다. 계속 기침하더니 또 그렇게 덥단다. 부채질을 해달라는데, 다행히 부채를 가져와 많이 부쳐 드렸다. 스테로이드를 맞아서 그런지 침도 많이 생기면서 되게 덥단다. 잘때 콧줄을 빼고 자려고 하시더니 좀 견뎌 보려 했는데 도저히 안 되겠다면서 1시 반에 간호사를 불러 빼게 하더니, 정신없이 잤단다. 또 6시에는 흰 영양액 맞는 주사도 뺐다. 영양액도 다 맞았고 주사도 갈아야할 시점이란다. 계속 쓰면 혈관염이 생긴단다. 링거 주사를 빼고는 소변보고 세수만 하시고 6시 40분에 다시 주무신다. ……

곤히 자는데 7시에 간호사가 와서 혈관 찾아 링거 주사를 꽂아주고 가자 또 주무신다. 7시 10분에 청소 하시는 분이 왔다. …… 7시 20분에 체중 재러 또 왔다. 미음을 드시더니 1kg 늘었다. 하루 사이에 47.45kg. "미음 한 개만 드시려 하지 말고 2개씩 꼭 드세요! 그래야 몸무게도 붙고 체력도 생기죠." 그러자 "응!" 하신다. 아침밥이 8시 20분쯤 나오니까 그 전에 콧줄을 끼우러 올 때까지 좀 더 주무시라 했다. ……

나는 병원 곳곳에서 들리는 소리 때문에 뒤척이다가 (베개도 돌덩이 같아 더 못 잤다) 잠이 들어 정신없이 자다 김 간호사 오는 소리에 깼다. 6시 10분께였는데 이제 막 출근했단다. …….

— 2012. 9. 22. 병상일지

<생로병사의 비밀>에서 유기농 식탁에 대해서 이야기했는데, 채소에 들어 있는 질산염이 치매를 유발한다는 보고가 있다고 한다. 잎이 짙을수록 질산염이 많고, (시금치, 치커리, 배추, 깻잎… 하지만 양배추는 적음) 데치면 시금치의 경우 65% 농약이 제거되는데, 소금을 넣고 데치면 더 많이 제거된단다. 또 흐르는 물에 씻는 것보다 물에 담갔다가 서너 번 행구는 것이 더 좋다고 한다.

유기농은 농약, 화학비료를 전혀 쓰지 않은 것이고, 무농약은 농약을 쓰지 않고 화학비료는 기준치의 1/3 정도 쓴 것이고, 친환경은 농약, 화학비료를 기준치 이하로 쓴 것이란다. 유기농이 제일 좋네! 퇴원해 가시면 강원도 홍천 등에서 일주일에 한 번씩 배달 받아먹는 유기농 재료를 드시도록 해야겠다. 유기농으로 재배한 채소류는 상온에 두어도 시들기만 할 뿐 잘 썩지 않는다고 한다. 일본의 한 유기농 농가에는 아예 냉장고 없이 식품을 팔고 있었다. 다음 주에는 식도장애에 대해서 하네! 꼭 봐야겠다.

– 2012. 9. 22. 병상일지

그러나 이런 장애들보다 더 무서운 것이 방사선에 의한 정상조직의 괴사이다. 방사선은 세포 내 DNA를 절단하거나 변형시킨다. 이렇게 변형된 DNA들에 의해 세포분열이 촉진되어 암이 생길 수도 있고, 반대로 세포들이 죽는 괴사 현상이 일어나기도 한다.

괴사는 2015년부터 시작되었다. 처음에는 작은 점 같았다가 점차 커져서 나중에는 눈 주위에 콧구멍만 한 구멍이 두 군데 생겨 그리로 숨이 들락날락했다. 그 때문에 안경에 김이 서리기도 했다. 그래서 성형외과에서 10여 차례에 걸친 수술로 목과 이마의 살을 떼어 그 구멍 두 개를 메꾸었다.

그러나 7년이 지난 2022년경 다시 그 주위에서 괴사가 시작되었다. 지금은 코와 눈 주위에 세 군데가 뚫려 있고, 괴사는 아직도 진행중이다. 괴사에 의해 코 안쪽 조직과 뼈가 죽어가면서 염증이 계속 일어나 코안에서 출혈과 통증이 지속되고 있다.

한때는 암세포가 맹렬히 증식해서 암덩어리가 자라던 자리에서 이제는 세포들이 속절없이 죽어가면서 뼈와 조직들이 무너지는 아이러니한 일이 벌어지고 있다. 이 괴사와 염증이 언제까지 지속될지, 뼈와 조직이 무너진 결과는 어떻게 될지, 병원에서도 예측을 못 한다. 다만 매달 육안으로 점검하고, 3~6개월 간격으로 CT와 MRI를 촬영해 암의 재발 여부와 괴사 정도를 동시에 관찰 조사하고 있다.

이런 과정을 겪으면서 내 몸의 변화를 바라보고 마음도 같이 따라가도록 노력하고 있다. 처음에는 몸의 급격한 변화에 마음이 따라가지 못해 답답하고 불안하고 고통스러웠다. 아침에 잠을 깨면 몸의 새로운 변화를 감당하지 못해 상실과 죽음에 대한 고통과 불안감, 그리고 공포에 휩싸이곤 했다. 마음은 그 전의 건강한 상태에 머물러 있어 몸의 새로운 변화를 받아들이지 못하고 당황하고 힘들어 했다. 그러나 점차 이러한 몸과 마음의 불일치를 면밀히 살펴보고 마음은 왜 고정되어 집착하고 있는가를 알게 되면서 변화된 몸에 마음도 같이 일치 시키면서 그러한 고통과 공포가 점차 해소되었다.

마음은 스스로에 대한 집착이 아주 강하다. 아마도 태어난 이후 매순간 끝임없이 '자기'라는 것을 확인하고 같이 지내오면서 고착된 것 같다. 시간이 걸리기는 했지만, 맛과 냄새를 못 느끼고 앞사람과 대화가 되지 않아도 그 전의 정상적인 몸 상태에 연연해하지 않고 거기에 마음을 붙잡아 두지 않게 되었다. 이제는 몸과 마음이 같이 흘러감을 느낀다.

입양아 4명과
미국 간 사연

아내의 일기에는 딸아이뿐만 아니라 나에 관한 일들도 자세히 기록
되어 있다. 나의 암 투병 일기도 아내가 썼다. 또 내가 미국에 처음
갔을 때 입양아 4명을 데리고 간 사연도 아내 일기에 남아 있었다.
2016년 10월 13일에 서울대 동창회보에 실린 글을 보고 친구가 다
시 동문 카톡방에 올린 사연이다.

1980년 8월 29일이었다. 비행기 여비를 아끼기 위해 홀트양자회의
입양아들을 데리고 유학길에 올랐다. 보통 한 명 아니면 두 명을 데
리고 가는데 그날 사무적인 착오로 4명의 입양아를 혼자서 인솔해
가게 되었다. 두 명은 6개월 정도된 갓난아기였고, 다른 두 명은 5살
과 8살 된 남매였다. 애들 가방 1개씩, 내 가방 1개, 그렇게 5개의 가
방을 어깨에 둘러메고, 양팔에 아기들을 안고 앞에는 남매를 앞세우
고 김포공항 출국장 앞에 서니 그야말로 눈앞이 깜깜했다. 미국뿐만
아니라 비행기도 처음 타보는 촌놈이고 애도 키워본 적 없는 총각인
데, 5살과 8살 아이는 그렇다 해도 젖먹이 갓난애가 둘이나 되니….

불교동문회 카톡방에 보내온 글 읽어 보란다. 서울대 동창회보에 실린 글을 보고 썼네. 유학 갈 때 애기들 데리고 간 것을 써놨는데 화제 씨도 공항에 왔었나 보다고. 둘이 아니고 넷을 데리고 갔는데 난감해 하고 있으니 정강주 선배가 "야! 이게 다 보살행이다."라고 하는 말을 듣고 정신이 번쩍 들었다고. 그 말을 지금까지 살아오면서 두고두고 새기며 살아왔다며 그 선배에게 감사하다고…. 선재한테도 보여주라고 했다.

– 2016. 10. 13. 일기

그때만 해도 외국 유학을 가면 언제 다시 볼 수 있을까 해서 출국장에는 어머니와 동생들, 그리고 친구들 10여 명이 배웅 나와 있었다. 이런 예기치 못한 상황이 되니 다들 말문이 막혀 잘 다녀오라는 말도 건네지 못하고 저걸 어쩌나 하는 난감한 표정이었다. "아이고 애야" 하는 어머니의 목소리만 아득하게 들려왔다.

그때 선배 한 분의 말씀에 눈이 번쩍 뜨였다. "남을 돕는 일은 무슨 준비를 해서 거창하게 하는 것이 아니라 지금 바로 눈앞에 필요한 일을 즉시 하는 것"이라는 말씀이었다. 그 말씀을 듣고 정신을 차려 애들을 데리고 출국했다. 서울에서 도쿄, 도쿄에서 하와이, 하와이에서 LA, 그리고 LA에서 콜로라도 덴버까지, 하루도 넘게 비행기를 타고 가다가 공항에서 내려서 기다리다가 다시 비행기를 타고 갔다. 하와이 호놀룰루 공항에서는 공항 바닥에 담요를 넓게 펴서 애들을 눕히고 그 옆에 나도 누워 다 같이 쉬었던 기억이 생생하다. 가는 동안 갓난아기들은 번갈아 가며 기저귀를 갈아줘야 하고 우유를 먹일 때에도 양손으로 먹여야 했다. 큰애들도 배고프다고 울고 무섭다고 울고 화장실에 가고 싶다고 칭얼댔다. 정신이 하나도 없어 제대로 먹지도 못하고 창밖 한번 내다볼 여유도 없었다.

밤늦게 마지막 노선인 LA에서 덴버로 가는 조그만 국내선 여객기에 오르자 승무원들과 승객들이 지칠 대로 지친 우리 일행을 휘둥그레 놀란 눈으로 쳐다보았다. 내 가슴에 단 홀트양자회 에스코트 명찰을 보고는 상황을 알아차린 주위 승객들이 안쓰럽게 여기며 고맙게도 애들을 한 명씩 맡아주면서 나보고 좀 쉬라고 했다. 그때 처음으로 마음 놓고 음료수도 마시고 눈을 붙일 수 있었다.

덴버에 도착한 것은 늦은 밤이었다. 갓난아이 둘은 거기서 양부모들에게 각각 보내주고, 큰애들은 양부모가 다음날 워싱턴에서 온다고 하여 그곳 자원봉사자 집에서 하룻밤을 같이 묵었다.
그 다음날 나는 내 목적지인 미네소타주 미니아폴리스로 떠나야 했다. 남매와 헤어지던 장면이 지금도 눈에 선하다. 모든 것이 낯설고 말도 통하지 않는 곳에서 "아저씨, 아저씨" 하면서 나를 따라왔는데,

이제 내가 가야 한다니 두 남매는 서로 손을 꼭잡고 나만 멍하니 쳐다보았다. 그 애들을 꼭 한번 안아주고 탑승구로 들어갔다. 지금 생각해도 그 아이들 심정이 어땠을지 눈앞이 흐려지고 마음이 아프다.

그 네 아이들의 이름과 생년월일이 기록된 서류를 아직도 간직하고 있다. 이제는 다들 40~50대의 중년이 되었을 텐데, 당시 좋은 양부모를 만나고 행복한 삶이 되기를 마음속 깊이 염원했다. 가난한 나라의 힘없는 유학생이라는 게 한없이 슬프고 미안했다.

북한산 둘레길과
한강산책로 완주

아내의 류마티스 관절염이 점차 심해졌다. 무릎 관절이 많이 아팠지만, 병의 진행을 조금이라도 늦추고 팔다리 근육을 강화시켜 건강을 유지하기 위해 걷기를 시작했다. 북한산과 도봉산 둘레길, 그리고 강남과 강북의 한강산책로를 행주대교에서 남한강 두물머리까지 며칠에 한번씩 구간별로 나누어 걷기로 했다. 보통은 2~3시간, 길게는 6~7시간을 쉬어 가면서 걸어서 근 1년 2개월에 걸쳐서 완주했다.

먼저 북한산과 도봉산 둘레길은 북한산 쪽이 44km, 도봉산 쪽이 26km이고, 전부 21개 구간으로 나뉘어 있다. 북한산 둘레길 제1코스는 우이령 입구에서 시작해 솔밭근린공원까지 2.9km인데, 2011년 4월 17일에 여기를 걸었다. 그리고 그해 7월 31일까지 북한산을 둘러싸고 있는 12코스까지 다 걸었다. 8월 14일 북한산을 가로지르는 21코스인 우이령 길을 3시간 30분에 걸쳐 걸었고, 그날 도봉산 둘레길인 20코스도 걸었다. 그런 다음 8월 21일부터 제19코스 방학동길을 걷기 시작하여, 도봉산을 둘러싸고 있는 18~14코스까지 걸은 후, 9월 25일 제13코스인 송추마을길까지 근 5개월에 걸쳐 완보했다.

※ 둘레길 개요

약 70km 달하는 북한산, 도봉산, 사패산 자락을 연결한 환상(둥근) 둘레길로, 서울시 6개구(강북구·도봉구·은평구·성북구·종로구·서대문구)와 경기도 3개시(고양시·양주시·의정부시)에 걸쳐 위치하고 있다.

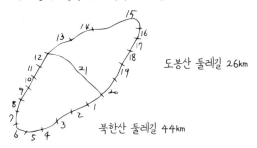

도봉산 둘레길 26km

북한산 둘레길 44km

*21코스 우이령길: 15일 전에 인터넷 예약을 해야 함. bukhan.knps.or.kr
　　　031) 855-6559, 900-8085, 양쪽에서 각각 400명씩 예약

1코스 소나무길(2.9km, 1시간 30분): 우이령 입구 로터리 – 솔밭근린공원
2코스 순례길(2.3km, 1시간 10분): 솔밭근린공원 – 이준열사묘역 입구 장미아치

지하철 수유역에서 내려 버스를 타고 종점에 내려서 걷기 시작. 마른 모래길이라 미끄럽고 먼지가 많이 남. 2시간 정도 걸었다. 4.19도로로 걸어 내려오다 '약초밥상'에서 저녁식사를 했다. 남녀밥의 색깔이 다르고 각종 산야채 장아찌에다 직화로 구운 돼지불고기, 두부조림 등 16가지 반찬에 입가심으로 주는 더덕튀김, 떡무침, 백김치 등 푸짐하다. 식당 앞에서 104번 버스를 타고 혜화 로터리로 와 31번 버스 타고 롯데마트에서 내려 장을 봐왔다. 약초밥상이라 그런지 아빠는 심장에 부담 느끼며 숨쉬기가 거북하다고 한다. 나는 종일 모자를 써서 오른쪽 귀도 아프고 밤에는 오른손 중지가 붓는 듯하고, 다리를 질질 끌었다.

－ 2011. 4. 17. 산책일지

13코스 송추마을길(5.2Km, 2시간 40분): 원각사 입구 – 교현 우이령길

1시 40분에 집에서 출발. 구파발역에서 360번 타고 송추역 도착해서 3시 30분 부터 걷기 시작해 5시 25분까지 걸었다. 지난주에 1.6km 걸었네! 그 뒤를 이어 걷기 시작해 15분간 0.7km 걸으니 너저분한 상점들을 지나 오봉이 나오고, 0.8km 산길을 걸어 내려오니 제72보병사단이 있고, 길 건너에는 멜버른승마장이 보인다. 부대슈퍼마켓은 어떤가 구경하면서 아몬드초코를 사서 의자에 앉아서 쉬면서 먹고, 5시 5분에 출발. 대로변길 1.5km를 걸었다. 비닐하우스도 많다. 근처에서 봉선화 씨앗도 받았다. 정말 유행가 가사처럼 손 대니 톡 터지네.

5시 25분에 걷기를 끝내고 버스정류장으로 가기 위해 길 건너기 전 신호등에서 완보기념(오늘로 북한산·도봉산 둘레길을 다 걸었다)으로 악수를 했다. 그리고 704번 타고 롯데영프라자에 내려 '세시봉21'에 가서 옛날 도시락(5,000원), 나가사끼 짬뽕(18,000원), 생맥주 2잔(6,000원)를 시켜 건배했다. 아빠는 봉사 가시고 나는 집으로 가려고 걸어오는데, 잘 못 걸어서 아빠 팔을 잡으니 혹시 학과학생들이 볼지 모른다고 그냥 걸으란다. 팔을 잡지 말고.

이 구간은 군사적 요충지인 39번 도로를 지나는 탓에 군부대가 많이 주둔하고 있는 것이 특징. 이 길을 걷다 보면 남자들은 군시절이 떠오르기도 하겠지만 한편으로는 시골의 정취를 느낄 수 있다.

– 2011. 9. 25, 산책일지

아내는 무릎이 아파 비탈길을 내려올 때는 내 손을 잡고 뒤로 걸어내
려오기도 했다. 뒤로 걸으면 무릎 통증이 덜하다고 했다. 그렇게 걷
고 집으로 돌아오면 아내는 몹시 피곤해 하긴 했지만 몸의 컨디션은
좋아지고 또 무언가 해냈다는 성취감을 느꼈다. 그래서 북한산·도
봉산 둘레길을 완주하고 나서 그보다 더 긴 강북·강남의 한강산책
로를 걷기로 했다.

한강산책로 걷기는 2011년 10월 8일 한강 서쪽 끝부분에 위치한 구
암나들목에서 시작해 가양대교를 지나 성산대교까지 걸었다. 그 다
음날 10월 9일에는 반대로 방화대교를 거쳐 행주대교까지 걸었다.
그 다음은 10월 15일, 성산대교에서 양화대교와 당산철교, 서강대교
를 거쳐 마포대교까지 걸었다. 10월 22일에는 원효대교에서 한강철
교, 한강대교를 지나 동작대교까지 걸었고, 10월 29일에는 세빛둥둥
섬을 구경하고 반포대교, 잠수교를 지나 잠원나들목으로 나왔다. 그
뒤 11월 5일에는 한남대교에서 동호대교, 성수대교까지, 11월 12일
에는 영동대교, 청담대교까지 걸었다. 그리고 12월 3일에는 잠실대
교에서 올림픽대교, 천호대교, 광진교까지 걸었다.

한강변 걷기 (구암나들목 - 성산대교)

2시 반에 집을 나서서 방배동 가서 북치고(45분쯤) 나와서 3시 45분에 방배역에서 지하철을 탔다. 4시 20분 가양역 1번(9호선) 출구로 나와 홈플러스 지나 허준박물관, 구암공원을 지나 구암나들목 들어가서 5시 20분부터 걷기 시작. 5시 30분 가양대교를 지나다.(여의도 기점 8.5km 팻말이 보인다) 염강나들목에서 5분 쉬고 15분 걸어가니 염천나들목이 나온다. 6시 40분 성산대교 도착. 밤에 63빌딩 앞에서 불꽃놀이 한다고 여의도 쪽으로 자전거 행렬이 엄청 많다.

마치고 올 때 차 막힌다며 어서 가자고 해서, 60번 타고(동네 쪽으로 들어와 좀 걷다가 비탈을 올라가니 버스가 다니는 대로가 나온다) 두 정거장을 가니 당산역! 근처 <도원샤브샤브>에서 상추쌈샤브(12,000원) 먹고 집에 오니 9시 반. 다리가 너무 아프다. 집 근처쯤 왔을 때 오른쪽 무릎, 윗쪽 뼈까지 아파 굽히지 못해 뻗정다리로 집까지 걸었다. 아빠 복숭아 깍아 주고 쉬다.

- 2011. 10. 8. 산책일지

서울을 가로지르는 한강의 길이는 41.5km이니 남쪽과 북쪽을 합치면 83km가 된다. 2011년 당시에는 29개의 교량이 있었고, 그 후 2013년 구리암사대교, 2015년 월드컵 대교 등이 추가 건설될 예정이었다.

한강 남쪽 산책로 가운데 암사나들목 근처의 물억새와 온갖 들꽃으로 우거진 흙길이 가장 운치 있고 마음에 든다고 아내는 이야기하였다. 2011년 12월 4일에 이 길을 걸었는데, 쭉 걷다가 어둑어둑해져서 고덕나들목으로 나오니 온통 비닐하우스뿐이고 길이 보이지 않아 몹시 당황했던 기억이 난다. 마침 고덕나들목으로 나오는 행인을 만나 그 사람의 도움으로 비닐하우스 옆 뚝길을 찾았다. 그 길을 따라 1.5km 걸어 버스 정류장에 가서 버스를 타고 집으로 돌아왔다.
그 다음은 2012년 1월 8일에 고덕나들목에서 고덕천교를 지나 강동대교를 거쳐 하남시, 고덕 생태공원, 위례강변에 이르는 길을 걸었다. 그 길에서 1.2km쯤 가면 미사대교를 지나 나무고아원이 나온다. 이름이 특이해서 알아보니, 나무고아원은 1999년 하남시가 도심지

※ 한강

• 한강은 강원도 태백시의 검룡소에서 시작되어 472.9km를 흘러 서울시 안으로 들어온다. 서울시界 한강 길이: 41.5km.

• 각 교량간 거리

일산대교 ──→ 김포대교 ──→ 행주대교 ──→ 방화대교 ──→ 가양대교 ──3.3km→

성산대교 ──1.75km→ 월드컵대교 ──→ 양화대교 ──2.15km→ 당산철교 ──→ 서강대교 ──1.45km→

마포대교 ──1.25km→ 원효대교 ──0.9km→ 한강철교 ──0.55km→ 한강대교 ──2.15km→ 동작대교 ──1.05km→

반포대교 ──1.9km→ 한남대교 ──1.4km→ 동호대교 ──1.8km→ 성수대교 ──2.2km→ 영동대교 ──0.7km→
(잠수교)

청담대교 ──2.2km→ 잠실대교 ──0.9km→ 잠실철교 ──0.6km→ 올림픽대교 ──1.0km→ 천호대교 ──0.259km→

광진교 ──1.19km→ 광나루 자전거공원 ──2.83km→ 구리암사대교 ──2.96km→ 강동대교 ──2.99km→
(서울외곽순환도로)

미사대교 ──1.91km→ 덕룡교 옆 ──0.272km→ 산곡교 옆 ──0.354km→ 팔당대교
(서울춘천고속도로)

• 지금 29개인데 2013년 구리암사대교가 완공되면 30개가 된다.

• 성산대교와 가양대교 사이에 2015년 월드컵대교 완공 목표

• 압구정과 서울의숲을 연결하는 1km가량의 첫 보행전용다리 '꿈의 보행교'가 계획 중이다. 모두 완공되면 32개.

• 전용철교: 한강철교, 당산철교, 잠실철교

• 주말, 공휴일에만 운행되는 버스
   8340번: 반포한강공원 - 잠실한강공원
   8620번: 동대문디지털단지 - 여의도한강공원.

— 2011. 10. 8. 산책일지

에서 교체해 버려질 나무나 병든 나무, 건물을 신축하면서 베어버릴 예정인 나무들을 모아 치료도 하고 잘 가꾸어 다시 가로수나 공원수로 재사용하는 곳이었다.

그리고 2012년 1월 15일 팔당대교, 팔당수력발전소, 팔당댐을 거쳐 운길산역으로 가서 지하철을 타고 왕십리로 돌아왔다. 이렇게 해서 행주대교에서 팔당대교까지 한강 남쪽 산책로를 2011년 10월 8일에 시작해 근 3개월 동안 11차례에 걸쳐 완주했다.

한강 북쪽 산책로는 한강 남쪽 산책로를 완주한 후 걷기 시작했다. 2012년 1월 22일 광진교를 걸어서 건너고 천호대교와 올림픽대교, 잠실대교를 지나 뚝섬유원지역까지 걷고, 2월 5일에는 뚝섬유원지에서 청담대교―영동대교―성수대교―서울숲―동호대교―한남대교를 거쳐 옥수역까지 걸었다.

2012년 2월 18일 옥수역에 가서 한남대교와 반포대교를 지나 잠수교에 이르러 잠수교를 반 정도 걸어봤다. 그리고 동작대교를 지나 한강대교와 한강철교, 원효대교까지 걸었다. 2012년 3월 3일에는 마포대교와 서강대교 지나 절두산 순교박물관을 구경했다. 절두산은 그전에 누에가 머리를 치켜든 것 같다고 잠두봉이라고 불렸단다. 3월 4일에는 망원나들목에서 성산대교와 가양대교를 지나 난지나들목에서 노을공원으로 가서 비탈길을 아내가 내 손을 잡고 뒤로 걷다 넘어져서 크게 다칠 뻔했다.

2012년 3월 18일에는 지난번 빠진 서강대교에서 성산대교 사이를 걸으면서 중간에 양화대교에서 승강기를 타고 다리 위에 있는 카페에도 가보았다. 3월 31일에는 행주산성―마곡철교―난지기점까지 3km 정도 걷고, 못 걸은 행주대교 구간은 6월 10일에 마저 걸었다. 이로써 광진교에서 행주대교까지 접근하기 어려운 구간을 생략하고 한강 북쪽 산책로를 다 걸었다.

이렇게 한강산책로는 2011년 10월 8일에 시작해 2012년 6월 10일까지 남쪽과 북쪽을 근 8개월에 걸쳐 완주했다.

2012. 6. 10 일요일 행주산성(행주산성, 행주대교)

집을 나서서(2:03) 버스정류장으로 가는데 빗방울이 떨어져 지하철을 타고 가기로 했다.(2:15) 지하철을 타고 신촌역 7번 출구로 나와(2:58) 921번 버스정류장으로 가서(3:00, 중앙차선) 921번 버스를 타고(3:15, 이 버스가 다시 현대백화점 앞으로 돌아오네. 10분 만에. 그러면 행주산성까지는 20분 걸리는 셈이다. 집에서 행주산성까지 1,900원) 행주산성 입구에 내려(30여 분 만에) 행주산성에 들어가는 표를 끊고(4:01) 비탈길을 올라가니 권율장군 동상 크게 서 있고, 조금더 올라가니 영정을 모시는 충장사가 있다.

벤치에서 조금 쉬다가(4:07) 일어나 다시 걷다가(4:12) 코에 넣는 약 안 가지고 왔다며 혹시 마를까봐 어서 집으로 가잔다. "행주산성까지 왔는데 성은 보고 가야지요." 토성 쪽으로 가보자고 100여 개의 계단을 오르니 심장이 벌떡벌떡. 벤치에서 조금 쉬고(4:22) 또 걸어가는데 계단이 또 나타나고 또 나타나고, 3~4차례 계단길이 나타난다. 200계단 이상을 올랐지 싶다. 꼭대기에 가니 충의정(영상교육원)이 있고, 주변 벤치에 앉아서 탁 트인 경치를 바라보면서 쉬고 있는 사람들이 많다.

캔음료 하나 사가지고(4:35) 그 옆에 있는 행주대첩비를 지나 덕양정으로 내려가니 저멀리 행주대교가 보인다. 그다지 멀어 보이지 않네! 내려갈 때는 아빠 손을 잡고 뒤로 비탈길을 내려갔다. 토성길이 1km니까 그리 멀지는 않은 것 같다. 대첩문을 나와(5:05) 아빠 화장실 간 사이 자전거 타고 온 청년들에게 행주대교까지 걸어가려면 어디로 가며 얼마나 걸리느냐고 물으니 거기를 왜 가느냐는 듯이 이상하게 쳐다본다. 40~50분. … …

– 2012. 6. 10. 산책일지

172

걷기에 재미를 붙여 중간중간 한강변 중 노을조망명소(강변나들목
에서 낙천정나들목까지 1.3km), 낙산성곽길, 청계천길(중앙선 응봉
역에서 청계천 광장까지 10.4km)을 걸었다.

아내는 이 모든 것을 다 기록했다. 특히 2012년 1월 28일에 청계천
길을 걸으면서 본 것들을 시간대 별로 비디오 촬영하듯이 기록해 놓
았다. 어떻게 6시 8분, 12분, 16분, 20분, 21분, 23분, 26분 등 짧은
시간에 본 것을 시간과 함께 일기장에 기록할 수 있었는지 아직도 궁
금하다. 계속 걸어가면서 적어야 했을 텐데, 같이 걸어가면서 나는
아내가 메모하는 모습을 보지 못했다.

이걸 다 기억한 걸까? 아내의 기억력이 뛰어나긴 하지만 어떻게 걸
어가면서 본 것을 시간에 맞춰, 그것도 분까지 기억할 수 있었을까?
아니면 같이 걸어가는 나도 모르게 메모를 한 것일까? 아직도 미스
터리다.

오간수교 아래 돌계단(6시 8분)이 보인다. 이 앞에서 사진 찍는 사람이 많다. 다리 밑에 철제 사각 난간 같은 게 설치되어 있는데, 공연하는 공간인가 보다. 그 위에 널빤지 같은 것을 얹어서. 버들다리(6:12), 나래교(6:16), 마전교(6:20) 지났다. 이제 2km(6:21) 남았단다. 군데군데 원앙들이 많이 놀고 있었는데 어딜 가나 꼭 2마리씩 붙어 있다. 또 벽에 철제 사다리도 군데군데 있었는데 산책로 침수시 대피용 비상계단이란다. 도종환의 <담쟁이>란 시도 있고, 새벽교(6:23), 배오개다리(6:26), 세운교(6:31, 다리 위에 뾰족한 탑모양을 만들어 놨는데 거기서 여러 가지 빛으로 색깔이 변함), 이제 1.52km 남았다.

관수교(6:36, 1.18km 남음), 수표교(6:40, 1km 남음), 삼일교(6:44, 엘리베이터가 있다)를 지나면 신한은행에서 제공한 <정조대왕 능행 반차도>가 옛궁중 음악과 함께 타일로 그 다음 다리 넘어서까지 벽면에 가득 붙어 있다. 또 삼각동천 얼음폭포와 얼음탑도 있고 을지 한빛거리 팻말도 있다. 장통교(6:50) 지나 청계천디지털가든(6:55, 겨울에는 6~10시 가동, 벽면에 레이저로 쏴 여러 가지 문양을 나타냄) 광교(6:57) 디지털스트림(6:57, 겨울에는 에너지 절약차원에서 쉰단다. 0.3km 남음) 지나서 광통교(7:02), 모전교(7:05. 다리가 세 개로 나누어져 있다. 아마 차도와 양쪽은 인도인가 보다) 지나니 사랑의 동전 던지는 나선형 모양의 구조물이 있었다. 제일 좁은 산처럼 위로 올라온 곳에 넣어야 하는데 그 언저리에 떨어졌다. 동전도 없고 해서 그냥 가다.

청계천 광장에 올라오니 7시 7분. 오늘 걷기도 무사히 잘 마쳤다며 하이 파이브 하고 저녁 먹으러 갔다. … …

— 2012. 1. 28, 산책일지

그 후로도 숲길을 걷기로 해서 2013년 9월 8일에 청계산을 처음 가 보았다. 그러고는 여러 번을 갔다. 남산과 안산자락길도 여러 번 다녀왔다. 아내와 같이 걷다 보면 아내는 무릎과 발목 관절이 아프니 아무래도 걷는 속도가 느려 내가 먼저 걸어 나갔다가 다시 돌아와 만나거나 앉아 쉬면서 아내가 걸어오길 기다렸다. 쉬는 곳에서 같이 쉬다가자고 해도 아내는 쉬면 관절이 다시 뻣뻣해져 오히려 더 힘들다고 코스가 끝날 때까지 2시간이고 3시간을 계속 걸었다.

걷는 것은 대표적인 단순반복 동작이다. 이 단순반복 리듬이 우리가 살아가는 데 필수적이다. 몇 가지 꼽으면 하루 세 끼 식사와 잠자기, 그리고 심장박동, 숨쉬기 등 생존에 필수적인 것들이 단순반복 리듬을 가지고 있다. 영어로는 'circadian rhythm(24시간 주기 리듬)'이라고 하는데, 이런 단순반복 리듬이 깨지면 즉각적으로 몸과 마음에 이상이 나타나고 오래되면 병이 되기도 한다. 그럴 때 가장 좋은 치료법은 걷기나 달리기와 같은 신체의 단순반복 동작을 오래 지속하는 것이다. 그러면 몸과 마음이 맑아지고 활력을 되찾는 것을 누구나 경험하게 된다. 불교에서 하는 절도 단순반복 동작이라 108배나 3,000배를 하면 몸과 마음이 정화되고 치유됨을 경험한다. 아내도 이 단순반복 동작을 장시간 지속하면서 그러한 치유효과를 느꼈을 것이다.

아내와 나는 이렇게 여러 곳을 같이 걸었다. 손을 붙잡고 뒤로 걷기도 하고 걷고 나서 근처 맛집을 찾아 식사를 하면서 일상의 작고 소소한 행복을 공유했다. 공연이나 영화관람, 전시회 등도 같이 가보았으나, 그 어떤 것보다 이렇게 둘이 같이 걷는 것을 우리는 가장 선호했다. 서로 교감하고 주변 자연과도 교류할 수 있는 취미생활이었다.

아내의
유머

아내는 이름에 대한 트라우마가 있다. 어릴 때부터 친구들에게 놀림을 받았고, 심지어 선생님까지 가세한 적도 있다. 그래서 무엇을 주문하거나 예약할 때, 그리고 어디에 가입할 때 내 이름으로 했다. 게다가 내성적이라 남 앞에 나서지 않고 항상 내 뒤에 숨어 지냈다. 그래서 다른 사람들은 아내가 아주 말이 없고 조용하다고 생각한다. 당연히 재미없는 이로 알고 있을 테다. 하지만 속내를 터놓는 가까운 나와 딸아이에게는 오히려 기발한 농담을 잘하고 유머 감각이 풍부한 사람이다.

같이 장을 보러 갈 때 아내가 다른 가게에 가서 더 사올 게 있으면 나에게 교통카드를 건네주면서 이렇게 말했다. "불우이웃돕기를 하고, 그동안 아내에게 잘못한 일들은 회개의자에 앉아서 참회하세요!"

우리 아파트 바로 옆에 지하철역이 있고, 거기에서 지하통로를 통해 주변 다른 아파트 단지의 가게들과 연결되어 있다. 그래서 그 통로로 사람들이 많이 다녔다. 거기에 인근교회에서 휴식용으로 기증한 긴 나무의자가 하나 놓여 있다. 아내는 그 나무의자를 교회와 연

관시켜 '회개의자'라 이름 지었다. 또 자신은 벌이가 없으므로 교통
카드 충전하는 것을 '불우이웃돕기'라고 했다. 그러니까 다른 가게에
가서 장을 봐올 동안 교통카드를 충전하고 회개의자에 앉아서 자기
에게 잘못한 일이 없는지 반성하고 참회하는 시간을 가지라고 농담
을 한 것이다.

선재가 자라면서는 카톡으로 수많은 농담과 우스갯소리를 주고받았
다. 2005년 1월 18일 일기를 보면, 중학생인 딸이 집으로 오면서 저
녁 메뉴를 묻자 아내는 주먹밥 중 김으로 싼 것을 '블랙조'라고 하면
서 대답하는데, 선재는 그걸 받아 '껌둥이'를 먹겠다고 한다. 그러자
아내는 "역시 동족을 알아보는구먼."이라며 딸애를 놀려주고 있다.
또 선재가 결혼한 다음인 2022년 5월 30일 일기에는 딸애 답변이 "네
네"라고 오자 아내가 "치킨"이라고 대답하여 웃음보가 터졌다는 내용
이다. 아내는 이런 류의 말장난을 자주 했다.

또 딸애에게 기발한 별명을 지어주며 놀리기도 하고 재미있어 하기
도 했다. 딸애가 잠을 못 잘 때에는 잘 자라고 '김폭자', 반대로 잠을

오늘도 어영부영하다가 저녁이 되어버렸다. 선재가 5시 좀 지나 "오늘 집에서 뭘 먹을 수 있나요??"한다.

"순두부찌개, 치킨데리야키, 유부초밥, 주먹밥…"

"오키요. 7시 도착 예정."

"도키요. 6시 55분 차릴 예정."

"주먹밥은 뭐가 있지요?"

"새까둥이 블랙죠와 흰색…??? 내용물은 모름."

"거기 써 있지 않나요??"

"없으라이~~ 대강 잡숴…"

6시 12분, "그럼 깜둥이 먹겠슈."

"역쉬 동족을 알아보는구만."

하하하. 내가 써놓고도 우스워서 막 웃고 있으니, 아빠가 "뭔데?" 하며 옆에서 보시더니 "나는 이렇게 못 써." 하신다. ……

– 2005. 1. 18. 일기

저녁 식사는 끝냈는지. 8시 40분 경 청포도, 딸기만 필요하다고 해 "1팩씩만?" 했더니 "네네"라고 답이 와 "치킨"이라고 대답했더니, "ㅋㅋㅋㅋㅋㅋ"가 왔다. 사위가 없으면 더 장난치고 싶었지만 그만 끝냈다. ……

– 2022. 5. 30. 일기

많이 잘 때는 '코알라'라 하고, 소중하다고 '소중이', TV에 나온 효녀 이름을 딴 '표숙이', 살이 통통하다고 '호복이, 몽실이, 콩순이', 조산하여 몸이 부실하다고 '설애(설익은 애)', 요리하기를 좋아한다고 대장금에서 따온 '김금이', 그 외에도 동글동글 귀엽게 생겼다고 '메덩이, 공심이, 아기곰' 등 그때그때 상황에 따라 여러 별명을 기발하게 지어 딸아이와 같이 깔깔 웃었다.

딸아이가 결혼한 후에는 딸네집을 가려면 잠실에서 한강을 건너 용산까지 전철을 갈아타고 마을버스도 타야 하므로 다리가 불편한 아내는 가기가 무척 힘들었다. 그럴 때는 "산(용산) 넘고 물(한강) 건너 딸네집에 가야 하네."라고 힘든 것을 우스갯소리로 바꾸었다.

그리고 아내는 박완서 작가의 소설을 읽고 공감을 많이 했는데, 그 중 하나는 꽤 오래 전 일반버스와 좌석버스를 탈 때 어느 게 먼저 올지 몰라 한 손에는 일반버스비 200원, 다른 한 손에는 좌석버스비 500원을 꼭 쥐고 기다리고 있었다는 내용이 책에 나온 것을 보고 아내 자신도 그렇게 하고 있었다며 "사람 마음은 같은 모양이지요." 하면서 웃곤 했다.

7시 20분 기상. 아침 준비해 놓고, 단호박 찌고, 감자샐러드 만들고, 야채수 끓이고 … 대충 끝내고 8시 5분 앉았다. 이렇게 오래 서서 일하고 다산 신도시에 갈 수 있을까? "소중이! 일어나!"라고 8시 반에 깨웠더니 "하이디가 나은데"라고 한다. "6월은 소중이라고 불러야겠다. 너는 소중한 존재니까." 그러자 흐뭇한지 가만 있는다.

- 2016. 6. 5. 일기

선재 깨워 아침 먹으라고 하고 "설애야! 밥은 30초 데우고 핫도그는…" 메모를 적어놓고 9시 반에 나섰다. 왜 또 설애냐고? (조산하여) 설익은 애라고, 뭔가 부실하고 여기저기 아프다고 하고…….

- 2018. 3. 23. 일기

아내의
동아줄

아내는 결혼 후 미국 생활을 하면서 식당에서 아르바이트를 했지만, 귀국 후 출산과 육아, 발병으로 이어지는 일상의 큰 변화를 겪으며 전업주부로 살았다. 가계부를 쓰고 일기를 쓰면서 매순간 충실하게 살았고 한결같이 우리 부녀에게 정성을 다했다. 그러면서도 무슨 일이든지 하고 싶어 했다. 일반주부들도 할 수 있는 일을 찾고 자격증을 따려고 노력했다.

출산하고 1년이 채 되지 않은 1991년 5월 13일 일기에도 육아에 큰 의미를 두면서도 일상생활 외에 꼭 해야 할 일을 한 가지 찾아 하고 싶은 갈망을 기록해 놓았다.

주위 친한 친구들이 동사무소나 아름다운가게 등에 나가 일하는 것에 자극을 받아 자신도 무슨 일이든지 해보고 싶어했다. 실제로 다문화가족 상담사나 미용사 자격증 등에 도전하고, 여러 자격증을 따기도 했다.

그러나 막상 일을 하지는 못했다. 일을 하려면 밖에 나가 다른 사람들과 교류를 해야 하는데 익숙하지 않아 움츠러들었다. 거기다 몸도 점점 더 심하게 아프니 마음과 달리 나서기 어려웠을 것이다.

아내는 이런 자신의 모습을 높은 탑에 갇힌 라푼젤에 비교하기도 했다. 가사와 육아, 병마에 갇힌 모습으로 자신을 표현한 것이다. 평상시에는 잘 나타내지 않았지만 내면에 이런 심한 좌절감과 무력함이 자리 잡고 있었던 듯하다. 이런 일기를 읽다 보면 마음이 많이 아프다. 당시 왜 좀더 도와주지 못했을까 후회와 자책감이 든다.

아내는 그 갈망을 실현시키지 못했다. 대신 그 에너지를 일기 쓰는 데 쏟아부은 것 같다. 만일 밖에 나가 무슨 일을 했다면 하루에 보통 3~4시간, 길게는 6~7시간씩 쓴 일기와 가계부의 기록은 엄두를 내지 못했을 것이다. 무언가 하고 싶은 열망을 일기를 쓰면서 달래고 잊은 것 같다. 그래서 역설적으로 37년간 일상사를 꼼꼼히 적어나간 방대한 양의 기록은 아내 열망의 다른 모습이기도 하다.

끝도 없는 집안일을 해나가면서 별다른 큰 변화 없는 생활이 안정을 가져다주기는 하지만 나는 때때로 이유없이 나 자신에게 주어진 무엇인가를 하지 못하고 사는 것 같고 계절이 바뀔 때마다 일상의 생활 외에 꼭 내가 해야 할 일을 한가지쯤 빠뜨린 듯한 허전함에 시달리곤 한다. 더구나 선재를 낮잠 재우다 보면 태반은 같이 자게 된다. 자고 일어나면 시간을 죽인 것 같아 더 허전해지고 망연해진다.

- 1991. 5. 13. 일기

이번 시험 꼭 되고 싶다. 되어서 무슨 일이라도 시작하고 싶다. 다문화가족복지론은 좀 헷갈리는 문제가 많네! 시간이 얼마 안 남았다. 열심히 해야겠다. 월요일 책 받아와 오늘에야 처음 공부한다.

- 2010. 7. 9. 일기

밖으로 나가 발산되지 못한 에너지와 의욕이 안에서 축적이 되어 남은 아내의 기록은 개인의 일상사, 한 가족의 일상사 이상의 의미가 있을 것으로 생각한다. 앞으로 100년 또는 그 이상의 시간이 흘렀을 때 아내의 기록은 1980년대에서 2020년대 초반의 평범한 가정생활사, 육아, 가정교육뿐만 아니라 식비·교통비·의류비 등의 물가와 다른 기록에서 볼 수 없는 식당에서 제공하는 반찬 종류와 가짓수를 파악하는 중요한 생활기록 자료가 될 것으로 예상이 되기 때문이다.

아내의 기록은 병상기록이기도 하다. 30년간 겪은 류마티스 질환에 의한 몸의 변화와 고통도 꼼꼼히도 기록하고 있다. 병원에서 처방받은 약들도 다 정리되어 있어 류마티스 내과가 없던 시절부터 환자들이 어떻게 치료받았는지 가늠할 수 있는 병상기록이다.

6/13. 선재 생일. 45kg. 진통제 1알.

6/14. 왼쪽 입이 안 벌어진다. 전에 안 벌어지던 오른쪽 입은 괜찮고. 왼쪽 팔꿈치가 너무 아파 손을 들 수조차 없고, 온몸이 아파 괴로워 낮에 점심 먹고 도저히 못 견뎌 진통제 1알.

6/15. 진통제 1알. 오늘부터 새로운 부위가 붓다. 벌겋게 붓고 아프다. 오후에 글씨를 많이 쓰고 나서 뻣뻣해서 보니 그렇다. 왼팔을 구부리면 팔꿈치 안쪽이 굉장히 따갑다.

6/16. 새벽 4시경 아파서 도저히 잠 못 이뤄 진통제 1알 먹다. 악몽 같은 밤, 전신이 아파 아야~ 아야 하고 신음을 해 아빠가 잠에서 깨어나 낙담을 한 듯이 무릎을 꿇고 가만히 한참을 앉아 있다. 진통제 1알 먹여 주다. 목, 어깨, 팔꿈치, 손목이 아파 몸을 뒤척이지도 못하겠고, 무릎, 발목, 발등… 아무튼 전신이 아파 너무 고통스러워 잠을 못 이루다. 낮에 진통제 1알. 진통제 먹어서 한결 수월하다. 낮에 집에서 1시간 정도 걷고 1시간 빨래를 하다. 이런 날 새벽에는 스테로이드를 먹고 싶은 유혹을 많이 받는다.

- 1995. 6. 13~16, 병상일지

병상기록에는 자신뿐만 아니라 내 것도 자세히 적어 놓아 처음 비강암 발병과 두 번의 재발, 그리고 치료과정, 그런 다음 치료 후 후유증에 대해서도 상세히 적혀 있다.

이런 방대한 양의 기록들은 병마와 가사, 육아 일에 둘러싸인 자신이 마치 높은 탑속에 갇힌 라푼젤과 같다는 아내가 높은 탑에서 빠져나오기 위해 한줄 한줄 엮어 늘어뜨린 긴 동아줄인 듯하다. 앞으로 많은 시간이 흘러 세상이 그 동아줄의 의미와 가치를 알아볼 때가 올 것을 기대해 본다.

자고 나니 몸이 천근만근. 이래 가지고 계속 간호할 수 있을까 싶다. 눈은 퉁퉁 붓고, 6시 10분에 일어나 속옷 겨우 갈아입고, 이불 개어 넣고 차가운 죽 꺼내 참으로 먹고(1개 사서 세 번 나누어 먹으면 되겠다) 두유 1개 먹고(이렇게 먹어서라도 없애야 한다) 아빠도 6시 반 넘어 일어나 세수하고 준비. 6:45 혈액검사, 7:15 쓰레기통 비우고, 7:15 몸무게를 쟀다. 46.60kg. 왜 자꾸 줄지? 칼로리는 늘렸는데. 배고프고 목도 마르고 그렇단다. 7시 반에 두유를 좀 마셔 보라고 드리니 기침 한번 안 하고 드셨다. 몇 모금 마시더니 겁난다며 그만 드시겠다고. 졸리고 피곤하고 기운 없다며 다시 눕는다. 나는 그 사이 <인간극장> 보고.

8시 25분 미음 투입. 270cc. 8시 50분에 끝나고, 약(타이레놀, 고혈압약, 기침약 코데인) 드시고 소화시킨다고 앉아 <아침마당> 보셨다. 충남대 화학과 이계호 교수(주제 '바른 먹거리가 내 몸을 살린다', 태초먹거리 학교 운영)가 나와, 유방암 앓다가 3년 전 세상을 떠난 딸(산업디자인 전공)에게는 해주지 못했던 것을 여러 자료를 수집하고 종합하여 먹거리 학교를 세웠다고 한다.

암 환자는 표준치료(수술, 방사선, 항암제)가 끝나면 다 나았다고 생각한다. 후속 면역력 회복하는 기간을 충분히 가져야 하는데도. 딸도 유방암 초기라 치료를 끝내고 대학 졸업반이라 바로 복학해 학교에 다녔단다. 학과의 특성상 자주 밤샘하고 졸업작품전 등으로 인해 무리하는 바람에 온몸으로 퍼져(뇌까지) 손쓸 수 없게 되었다고. 마지막 딸의 입에 인공호흡을 했는데 그게 마지막이었다고. 퇴원하면 가봐야겠다. 환경, 먹거리, 생활습관이 중요하다고. 환경은 특히 정신적인 환경이 중요하단다. 스트레스 받으면 얼른 항산화 식품 먹는 것이 좋단다.

— 2012. 9. 27. 병상일지

끝없이
자신을 돌아보다

아내는 말이 많거나 성격이 급하지 않다. 오히려 매사에 담담하고 느긋하다. 말실수하는 일도 거의 없다. 간혹 실수를 했다고 느낄 때는 자신이 한 말이나 생각 등을 일기에 적으면서, 왜 그런 말을 했을까, 왜 그렇게 생각을 했을까, 여러 차례 돌아보고 반성하면서 고쳐야겠다고 다짐했다.

아내의 일기를 보면 2017년 3월 30일 일이었다. 그날 아내는 몸이 온통 붓고 아파서 하루 종일 집안에 갇혀 있었다. 이럴 때는 미리 알아서 식사를 해결해야 하는데 내가 둔감해서 밥 달라고 했다. 아내는 자신의 상황을 살펴주지 못한다고 짜증을 냈다. 나도 그날 아내의 상태가 특히 안 좋은지를 알아차리지 못하니 미리 아프다고 이야기하면 될 텐데, 말은 않고 내가 알아서 해주길 바라냐며 화를 냈다. 서로 자신의 이야기만 하면서 작은 다툼이 생겼다. 그럴 때가 더러 있었지만, 곧 화해하고 풀어지곤 했다. 이런 날 아내는 자신의 행동이 과했고 남편도 암치료와 후유증으로 성치 못한 사람인데 자신이 화를 낸 게 잘못했다고 반성의 글을 썼다.

"며칠 전 그렇게 아플 때도 산보 나가 한 그릇 사먹고 오면 좋을 텐데 기어이 밥 달라고 하고…. 사는 게 아무 재미도 없고 몸은 점점 안 좋아지고…. 선재만 시집보내 놓고는 그만 살아도 여한이 없겠다." 하니까 내 손을 잡고 얘기하는데 같이 실내에 있었는데도 손이 얼음 같았다. 이런 사람한테 괜한 말한 것 같다. 말을 해놓고 보니 너무 심한 말을 내뱉은 듯해서 미안하다. 아빠는 집에 오면 내 눈치 보느라고 마음이 편치 않다고 해 더 미안하다.

나중에는 둘이서 서로 사과하고 포옹. 3시 40분 좀 자야겠다고며 들어가시고 문서 쓰다 6시 산보 나가셨다. 나가시며 "밥 줄까나?" 하신다. "주고말고요." 나갈 때도 빈손으로 나가지 않고 분리수거할 것을 좀 들고 나가신다. 7시 20분에 와 나머지 분리수거를 하고 식사.

− 2017. 3. 30. 일기

TV를 보면서도 자신의 부족함과 미처 생각 못한 점을 발견하면 그 내용을 적으며 스스로를 돌이켜보고 고쳐 본받아야겠다고 다짐을 했다. 2017년 12월 25일 TV에서 방영한 〈꾸베씨의 행복여행〉이라는 영화를 보고 행복에 대해 되짚어 본 감상문을 적었다. 많은 사람들이 행복은 미래에 있다고 생각하는데, 자신도 그렇게 생각하지 않았나 되돌아보았다. TV를 보면서도 아내는 이렇게 열린 마음을 가지고 있었다.

마음에 드는 시나 글귀도 일기에 옮겨 적어놓았다. 그러면서 그 내용을 공감하고 미처 알아차리지 못한 것은 깨우쳐 나가고 부족한 부분은 채워 나가려고 했다. 2012년 2월 27일 일기에는 이해인 시인의 〈길 위에서〉라는 시를 옮겨 적어놓았다. 시에서 언급한 슬픔, 갈등과 고민, 오해, 자신에 대한 무력감도 자신이 되기 위해 필요한 것이라는 내용에 아내는 많이 공감했다.

2017년 11월 1일에는 내가 국수집에서 모임을 가진다고 하니까 이 상국 시인이 쓴 〈국수가 먹고 싶다〉란 시를 내게 보여주었다. "…소 팔고 돌아오듯 / 뒷모습이 허전한 사람들과 / 국수가 먹고 싶다. // …… 어둠이 허기 같은 저녁 / 눈물자국 때문에 / 속이 훤히 들여다 보이는 사람들과 / 국수가 먹고 싶다."

나이 들어가면서 마음이 불편할 때는 인터넷에서 본 "노년을 아프게 하는 것은 관절염이 아니라 미처 늙지 못한 마음"이라는 문구에 공 감하면서, 아직 미처 늙지 못한 자신의 마음을 되돌아보기도 했다. 2021년 4월 13일 일기에는 가수 최백호의 노래 〈나이 더 들면〉 가사 중에서 "길 잃은 강아지처럼…… 돌아가고 싶어도 길이 없으니" 부분 이 마음에 와닿는다고 적어 놓았다.

아내는 무뚝뚝해 보였지만 마음속에는 감성이 풍부했고 이를 다른 사람들이 쓴 글이나 시로 대신 표현했다.

3시에 KBS2 TV에서 <꾸베씨의 행복여행>이란 영화를 봤다. 런던에 사는 정신과의사 (매일같이 자신이 불행하다고 외치는 사람들을 만나는 정신과의사) 헥터는 행복에 대한 답을 찾기 위해 여행을 떠나 사람들이 말하는 행복을 자신의 공책에 적었는데, 이런 내용이었다. 남과 비교하면 행복을 망친다, 많은 사람은 돈이나 지위를 갖는 게 행복이라고 생각한다, 또 많은 사람들은 행복이 미래에 있다고 생각한다…. 이걸 보면서 나도 그렇게 생각하지 않았나 싶었다. 그 뒤로 네팔, 아프리카를 여행하면서 불행을 피하는 게 행복의 길이 아니라는 것과 행복이 일종의 부수적인 효과라는 것도 배운다. 또 마지막 부분에 뇌파(?) 검사로 뇌의 색깔이 감정에 따라 어떻게 변하는지 검사하는 장면이 나오는데, 지금까지 살면서 가장 행복했던 순간, 불행했던 순간, 공포스러웠던 순간을 떠올리라고 한다. 나는 과연 언제 그랬을까? 되돌아봤다.

— 2017. 12. 25, 일기

식당 이름(목원의 가락)을 알아 점심 드실 동안 검색해 약도 그리고, 종각에서 7022번 버스 타고 통인시장 종로구보건소에 내리라고 알려드렸다. "뭘 타나? 돈을 아껴야지." 걸어가도 되겠단다. 매연 많은 대로를 왜 걸으려고 하느냐고. 차라리 일찍 가서 서촌 골목길을 걸으라고 하고, 블로그 글 써놓은 것을 보여드리고, 이상국 시인의 <국수가 먹고 싶다>란 시를 읽어보라고 보여 드렸다.

— 2017. 11. 1, 일기

한 네티즌(댓글시인 제페토)이 단 댓글들이 책으로 나왔는데, "노년을 아프게 하는 것은 새벽 뜬눈으로 지새우게 하는 관절염이 아니라 어쩌면 미처 늙지 못한 마음이리라." 그렇다. 미처 늙지 못한 마음.

- 2016. 8. 20. 일기

최백호가 <나이 더 들면>이라는 곡을 강부자에게 줬다며 부르는데 눈물이 나네. "나이 더 들면 서글플 거야. 서산에 노을처럼 서글플 거야. 나이 더 들면 외로울 거야. 길 잃은 강아지처럼 외로울 거야. 사랑하는 당신이 곁에 있어도 서럽고 외로울까. 손을 꼭 잡고 놓치지 않아도 길을 잃고 헤매일까. 나이 더 들면 무서울 거야. 돌아가고 싶어도 길이 없으니" 길 잃은 강아지처럼, 돌아가고 싶어도 길이 없으니…란 가사가 마음에 와닿는다.

우리가 모르는 최백호의 숨은 명곡이라며 <가을 바다 가을도시>라는 곡도 소개했는데 방송 끝나고 들어 보니 이것도 좋네. 또 최백호가 가수로서 이름을 얻게 된 히트곡 <내 마음 갈 곳을 잃어>가 연인간의 사랑 이야기인 줄 알았는데 어머니가 가을에 돌아가시고 견디기 힘들어 만든 곡이란다. 사연을 알고서 들으니 새롭다.

- 2021. 4. 13. 일기

친구와 통화하거나 만나서 대화한 이야기들을 되돌아보기도 했다.
그런 말을 왜 했을까 반성하고 다음에는 하지 말아야지 하면서 끝임
없이 다짐을 하고, 그 내용을 일기에 자세히 적어 놓았다.
아내에게는 일기를 쓰는 것이 자신을 되돌아보는 거울이고, 자신의
흠집이나 먼지는 닦아내고 털어내는 귀중한 자기 정화의 시간이었
던 듯하다.

내 걱정을 잠재우는
아내의 말

비강암이 재발하고 후유증으로 여러 모로 힘들어 하면서도 나는 연구비를 신청하고 연구를 지속했다. 학교에 적을 두고 있고 제자들이 있으니 당연한 일이었다. 그러니 이런저런 걱정이 많았다. 그러면 아내가 "일어난 일만 걱정하고 일어나지도 않은 일은 미리 걱정하지 마세요."라고 대수롭지 않게 깨우쳐 주었다. 아내의 이 말 한 마디가 태산 같은 내 걱정을 덜어주었다.

평소에는 별말이 없고 보통은 나보다 잔 걱정이 더 많은 사람이 이렇게 툭 던지는 한마디는 곤경에 처해 산같이 쌓아놓은 내 걱정 덩어리를 쓱쓱 지워주었다. 덕분에 나는 그 상황을 쉽게 빠져나올 수 있었다. 내 걱정을 다 들어주고 말하지 않은 것도 모두 짐작하는 아내가, 내 가장 가까운 사람이 괜찮다고 하니 덩달아 내 마음도 공조가 되어 걱정이 눈 녹듯 사라지는 것 같았다.

B: 잡곡 간 죽, 물김치, 배추무된장국

L: 현미비빔밥(숙주, 가지, 양송이, 들기름), 낫토, 연두부계란국, 달랑무, 올리브, 감자조림. 연근, 잔멸치조림

S: 현미비빔밥(숙주, 가지, 양송이, 들기름), 낫토, 늙은호박죽, 연두부계란국, 달랑무, 연근, 잔멸치조림, 장조림, 치즈

5시 기상. 어제 그렇게 눈이 아프더니 오늘은 견딜 만하다. 아빠는 여러 가지 걱정도 많고 춥다고 잘 때 안방 난방을 켰더니 너무 더워 3시경 깼고, 누워 있다가 신문이나 보자며 4시 반에 나와 신문 봤단다. 무슨 걱정이 많냐고 하니까 사무원이 연구비를 잘못 신청하는 바람에 취소하고 다시 입금하고 사유서 써냈는데 제대로 해결되었는지 모르겠다고, 책 출판하는 것도 처음에는 된다고 해놓고선 막상 출판해야 하는데 태클을 걸고, 연구비 신청한 것도 2월경 발표 나는데 그것도 어떻게 될지 모르겠고, 건강 검진하는데 대장내시경 어떻게 또 하나, 또 수술결과가 어떻게 되는지 … 여러 가지 걱정 때문에 잠이 안 온다고. 거실에서 다 이야기했는데 부엌에 와 또 얘기하신다. 이제 곧 선재 일어날 시간인데 다 들었겠다. 애한테 불안감 조성한다고 쉿! 하다 예전 생각이 났다. 서울 오기 전 부산 금정홀 플롯연주회에 갔을 때, 중간에 몇 차례나 들락날락하면서 서울로 이전해야 하는데 연구비 정산이 제대로 안 돼 물어줘야 할지도 모른다고 해서 선재가 바짝 얼었었다. 일어난 일만 걱정하라고 일어나지 않은 일 미리 걱정하지 말고.

— 2017. 1. 13. 일기

부산에서 서울로 올 때도 그런 적이 있었다. 부산대에서 수행하던 연구과제가 서울대로 이전이 안 될 것 같아 전전긍긍하는 나에게 아내는 아주 쉽게 "어떻게 살길이 생기겠지요. 당신이 걱정한다고 해결되는 게 아니니 너무 애쓰지 마세요." 했다. 아무렇지도 않게 말하는 아내를 보며 '이 사람이 연구비 사정도 모르면서 너무 쉽게 이야기한다'는 생각이 들었다. 하지만 곧 깨달았다. 연구과제 이전은 내가 결정할 수 있는 게 아니다. 아내의 말대로 걱정한다고 해결될 문제가 아니다. 생각이 여기에 미치니 마음이 편해졌다.

다행히 연구비의 서울대 이전은 큰 문제 없이 무난히 해결되었다. 그 문제를 두고 처음 그랬던 것처럼 계속 걱정하고 안절부절못했다면 어땠을까. 그때 너무 고심하여 몸을 상하지 않은 것이 큰 다행이다.

그리고 비강암 후유증으로 내 몸의 여러 군데가 아프고 기능이 갑자기 망가지니 처음에는 두렵고 걱정이 태산 같았다. 그럴 때도 아내는 이렇게 말했다. "이 아니면 잇몸으로 산다고 하지 않아요. 그러니 걱정 마세요. 나는 아픈 것은 잠으로 이겨내요. 같이 잠이나 푹 잡시다!" 아내의 이런 생각은 스스로에게 고통을 이겨내게 해주었고, 걱정으로 잠을 못 이루는 나를 위로하고 내 고통까지 덜어주었다.

"아픈 것은 잠으로 이겨내요."라는 아내의 말은 그 후에도 나에게 큰 위안이 되고 쉽게 실천할 수 있는 방법이 되었다. 그래서 지금도 몸이 아프고 안 좋을 때는 '그래, 자서 잊어버리자. 깨어 있다고 나아지는 것도 아니니까.' 하면서 마음을 내려놓고 잠을 청해 견뎌내곤 한다.

딸에 대한
바람

선재가 초등학교 6학년 때였다. 같이 장 보러가서 아내는 다리가 아파 딸애에게 짐을 다 맡겨야 했다. 그때 아내는 애가 결혼할 때까지 같이 쇼핑할 수 있을지를 걱정했다. 이 즈음부터 아내에게는 딸애의 결혼이 커다란 목표였다. 애가 결혼할 때 결혼식장 혼주석에 앉아 있어야 하는데, 결혼 혼수를 준비할 때 같이 쇼핑을 다녀야 하는데, 상견례 때도 의자에 잘 앉고 일어서야 하는데…… 등등 많은 바람이 선재의 결혼과 연관된 것이었고, 그때까지는 살아 있어야지 하는 말을 일기에 여러 차례 적어 놓았다.

그 간절한 바람대로 아내는 2022년 2월 19일 선재의 결혼식장 혼주석에 앉았다. 자신이 바라는 대로 상견례와 예식이 무난하게 잘 진행이 되어 아내는 몹시 흡족해했다. 결혼식 날은 무릎이 덜 아파서 의자에서 일어나고 걷는 것도 수월했다고 수차례 들떠서 이야기하기도 했다. 아내는 마음속에 항상 큰 짐처럼 안고 있던 인생사 큰일을 잘 치렀다고 크게 안도했다.

아침에는 비가 오더니 오후에는 개는 것 같다. 점심으로 닭죽을 먹고 선재와 같이 잠실 롯데백화점으로 갔다. 많이 돌아다닐 줄 알았더니 운동화를 싱겁게도 쉽게 샀다. 아빠가 천안으로 가시기 전에 신신당부했다. 여기저기 돌아다니지 말고 지 맘에 들면 바로 사주라고. 운동화와 아빠 남방을 사고 나니 백화점 볼일은 끝났다.

내일 《나의 라임오렌지 나무》 책을 사서 학교에 가지고 가야 한다고 해서 롯데월드 가는 길로 접어들어 아이스크림도 1개 사주고 세종서적으로 갔다. 《6-2학기 우등생수학》도 사고, 나는 벤치에 앉아 있는 동안 선재는 그 앞에 있는 알파문구와 팬시점을 구경했다. 참새가 방앗간을 못 지나간다더니 그런 상점을 구경하면 그렇게 재미있나 보다.

…… 얼마 전부터 오른쪽 무릎도 씨근거리고 아프더니 오늘은 너무 많이 돌아다녀서인지 낙성대 지하철역 계단을 올라올 때 아파서 저절로 '아야!' 소리가 난다. 집으로 올 때는 내가 너무 아파하니까 선재가 "제가 들게요!" 하며 물건을 거의 다 들었다. …… 선재랑 같이 쇼핑하러 다니는 게 과연 몇 살까지 가능할까? 걱정스럽다. 결혼할 때까지, 아니 선재 애가 커서 제 앞가림할 때까지 같이 다닐 수 있는 다리가 되었으면 좋겠다.

- 2002. 7. 13. 일기

선재가 자라는 동안 아내는 늘 딸아이의 결혼을 염두에 두었다. 결혼 후 필요한 교훈이나 유익한 내용을 책이나 TV에서 보면 일기에 적어놓고 나중에 가르쳐 주려고 했다.

2011년 3월 19일에는 '타이어 법칙'을 적어두었다.

"사막의 모래에서 차가 빠져나오는 방법은 타이어의 바람을 빼는 일이다. 공기를 빼면 타이어가 평평해져서 바퀴 표면이 넓어지기 때문에 모래 구덩이에서 빠져나올 수 있다. 부부도 갈등으로 헤맬 때 팽팽하게 부풀어진 자신의 고집이라는 바람을 빼내야 둘 다 잘 살 수 있다."

2011년이면 선재가 21살이라 아직 너무 먼 일이었지만 아내의 마음속에는 항상 딸애의 결혼과 그 후의 결혼생활이 크게 자리 잡고 있었다. 선재는 심성이 여리고 몸도 약한 편이었다. 2015년 7월 16일 일기에는 그런 딸이 좋은 배필을 만나기를 바라는 염원을 담아놓기도 했다.

"이 약한, 여리디 여린 양에게 푸근한 마음을 가져다줄 착한 사람을 어서 만났으면."

딸에 대한 각별한 사랑은 선재에게 그대로 전해졌다. 선재가 자라면서 두 사람은 친구 같은 모녀가 되었다. 아내는 딸애와 장시간 이야기하곤 했는데, 그렇게 이야기하다 간혹 자신의 속마음을 털어놓기도 했다. 그럴 때면 마음씨 착한 어린 딸애는 눈물을 글썽이면서 말했다. "엄마를 도와주지 못해 미안해." 그 모습을 보면서 아내는 얼마나 마음 아프면서도 대견했을까. "이제는 철도 들고 엄마를 생각하는 마음이 깊구나."라고 2017년 3월 28일 일기에 적어 놓았다.

그리고 2017년 5월 20일 일기에는 초등학교 6학년 여학생이 쓴 〈가장 받고 싶은 상〉이란 시를 옮겨 적어 놓았다. 이 시는 1년 전 암으로 돌아가신 엄마를 그리며 쓴 시인데 동시 부문 최고상을 받았다고 한다. 많은 사람이 감동받은 시였는데, 우리 역시 그러했다. "하루 세 번 엄마가 차려주는 상… 세상에서 가장 받고 싶은 엄마상. 이젠 받을 수 없어요!" 아내는 이 시를 딸애에게도 보여주었다. 그 후로 밥상을 차려주면 먹고 나서 '잘 먹었습니다'라고 곧잘 한다고, 시를 읽고 느끼는 바가 있었던 것이라 생각하며 기특해했다.

아빠가 신문을 보시더니 기사 하나를 보여준다. 나도 감동받았는데, 조선일보의 <어느 초등학생의 절절한 '엄마생각'>이란 제목의 기사였다. <가장 받고 싶은 상>이란 동시를 소개하는 기사였다. 전북 부안군 우덕초 6학년 이솔 양이 쓴 동시였는데, 지난해 암으로 엄마를 여의고 어머니를 그리며 쓴 시라고 한다. 이 시는 동시 부문 최고상을 받았다. 네티즌들 사이에 감동의 물결~. 내가 선재 보고 읽으라고 하기에는 공치사하는 것 같았는데, 마침 아빠가 누워서 폰을 보는 선재에게 이런 시가 있다며 찾아보라고 했다. 못 찾았다고 해서 내가 소파에서 신문을 보다가 그 면만 빼서 주니 됐단다. 찾았다며.

"아무것도 하지 않아도 / 짜증 섞인 투정에도 / 어김없이 차려지는 / 당연히 생각되는 / 그런 상 // 하루에 세 번이나 / 받을 수 있는 상 / 아침상 점심상 저녁상 // ……이제 제가 엄마에게 / 상을 차려 드릴게요. / 엄마가 좋아했던 / 반찬들로만 / 한가득 담을게요. // 하지만 아직도 그리운 / 엄마의 밥상 / 이제 다시 못 받을 / 세상에서 가장 받고 싶은 / 울 엄마 얼굴(상)"

여백에 자신과 생전 어머니의 모습, 어머니가 좋아했던 반찬으로 가득 찬 밥상을 그림으로 그려놨다. 선재는 보고 어떤 느낌을 받았을까? 그래도 요즘은 먹고 나면 "잘 먹었슈!"라고 곧잘 한다.……

– 2017. 5. 20. 일기

아내의 지팡이와 희망

2022
2023

악화되는
류마티스 관절염

아내는 류마티스 관절염이 본격적으로 시작되어 온몸이 아프고 움직이기 힘들어지면서 1995년 6월 13일부터 병상일지를 따로 기록했다. 심할 때는 움직이지 못해 누워만 있어야 했는데, 당시는 치료법이나 약이 제대로 개발되지 못해 절망적인 날들을 보냈다.

그때 딸아이는 3~5세 무렵이어서 엄마의 보살핌이 많이 필요했는데, 어떻게 할 수 없어 장모님이 집에 오셔서 육아와 살림을 도맡아 하셨다. 나중에 딸아이가 커서 어릴 적을 되돌아볼 때 엄마의 모습이 자기의 기억에는 지워져 있는 것 같다고 한 적이 있다. 그 말에 아내는 몹시 서운해하면서 좀 더 잘 보살펴주지 못한 것을 못내 안타까워했다.

병상일지에는 매일매일의 몸 상태와 복용약 등을 기술하고 손이나 발의 기능 이상이나 모양 변형이 일어나면 그림으로 그려 표시해 두었다. 그리고 다닌 병원과 약값, 검사비, 진료비 등을 하나도 빠뜨리지 않고 기록했다. 그래서 이 병상일지의 기록을 잘 살펴보면 30여 년 전 류마티즘 환자의 증세와 그때 복용한 약 등을 현재와 비교 분석할 수 있고, 그 당시의 약값과 진료비도 파악할 수 있다.

류머티즘에 효능이 있다고 서울에 있는 생식원 가다. 새벽에 진통제 1
알, 점심에 1알. 저녁때 아파서 혼나다. 전에는 아무리 아파도 일단 일어
서는 것은 혼자 했는데 택시나 의자 등에서 혼자서 일어설 수가 없다.
밤에 비행기에서 내리려고 일어설 때(밤 9시경) 도저히 못 일어나 아빠
가 뒤에서 안고 일으켜 세워주고 집까지 택시 타고 와서 내리는데 도저
히 못 일어서서 아빠가 안아 세워주고 몇 걸음 떼는 데도 혼자 못 걸
어 부축해서 걷다. 생식원에서 3시간 앉아 있었다.

- 1995. 6. 18. 병상일지

진통제 안 먹고 지내 보다. 역시 하루에 한 알은 먹어야 될 것 같다. 그
여파로 7시에 자리에 눕다. 아침 먹고 진통제 먹으면 밤 9시까지가 데
드라인이다. 보통 4시 전후로 뻣뻣해지면서 불편한데 9시까지는 견딘
다. 변기에 앉았다. 왼손목에 힘을 못 써 못 일어나 나무식탁의자를 갖
다놓고 일어서다.

- 1995. 6. 20. 병상일지

낮에 빨래하고 제로마트, 원당시장 들렀다 와서 잘 때까지 선재를 가
르쳤더니 몹시 피곤하다. 자고 나니 오늘 제일 심하게 붓다.

이제는 여기도 변형되려고 한다.

- 2003. 4. 30. 병상일지

1995년 <병원>

2/17 해동병원 (약 4주분+예약) 90,280+3,300   93,580
      항류마티스제제 2알, 소염제, ⬡, 스테로이드 반 알, M.T.X 4알씩
      2월부터 환율 인상으로 수입약 인상
      차비 (500×2)   1,000

3/17 해동병원 (약 4주분+예약+혈액·소변 검사 12,152) ESR 47   100,800
      차비 (500×2)   1,000
      택시 (남천동 → 집)   5,800
      1일: 항류마티스제제 2알, 소염제 2알, ⬡ 2알, 스테로이드 반 알, 주
      황색약 조그마한 것 1알(얼굴 낮는다고) - 이뇨제, M.T.X 1주일에 4
      알씩

4/14 해동병원 (약 4주분+예약)   93,580
      차비   1,400
      항류마티스제제, 소염제, ⬡, 스테로이드 반 알(28개), M.T.X 4알씩

5/12 해동병원 (약 4주분+예약)   93,240
      차비   1,400
      지난달과 같은데 스테로이드 반 알씩 14봉지.
      44~45세쯤 골밀도 검사해보고 난소가 제 기능을 하고 있는지 검사
      하잔다. 스테로이드는 격일로 먹는 것이 효과 있고, 한꺼번에 아침에 먹
      는 것이 좋단다. 벌써 끊었다고 하니까 일단 한 달 견뎌 보고 다시 먹으
      라고 한다.

6/9   해동병원 (약 4주분+예약)   92,900
      차비   1,000
      Rimatil 본인 부담. 1알에 780원 (약 중에 제일 비쌈)
      스테로이드 반 알 89원
      항류마티스제제, 소염제, ⬡, M.T.X 4알씩

7/7   병원비 (약 4주분+예약)   92,900
      소변·혈액 검사(간기능검사, 소변검사)
      차비   2,200

                          - 1995. 2. 17~7. 7. 병상일지 중 병원비용와 약값

아내는 류마티스 관절염이 악화되어 집안 살림하는 것이 점점 힘들어지니까 딸애가 결혼하면 그만 살고 싶다는 글을 일기장 여러 군데에 적어 놓았다. 그런 고통 속에서도 삶을 유지시키는 끈이 딸애였고 딸애의 결혼이었다. 그래도 좋은 짝을 만나 결혼하는 것을 보고 떠나야지 하는 생각으로 버틴 것 같다.

본래 아내는 천성이 낙천적이라 몸이 끊임없이 아파도 얼굴에는 그런 내색이 잘 안 보였다. 집안 식구들과는 농담이나 유머가 있는 이야기를 자주 하여 같이 많이 웃기도 했다.

식사도 채식 위주로 잘 하고 잠도 잘 자서 다른 건강 문제는 없었다. 고혈압이나 당뇨병, 고지혈증 같은 성인병도 없어서 오히려 나의 건강에 대해 더 걱정했다. 나는 몸도 차고 밥 먹는 것도 신통 찮아 항상 많이 피곤해하고 자주 눕곤 했다. 그리고 고통이 덜 할 때는 나와 같이 걷기도 하고 딸애와 함께 해외여행을 다녀오기도 했다.

그런 아내가 점점 그만 살고 싶다는 말을 자주하여 수십 년에 걸친 류마티스 관절염의 증세와 고통이 한계로 치달아가는구나 하는 느낌을 받았고, 그럴 때마다 마음이 아프고 철렁했다.

해도 해도 밑도 끝도 없는 일. 죽고 싶다는 생각이 든다. 차마 아빠
앞에서 말은 못 꺼내고 혼자 삭인다. 오늘 따라 유난히 처진다. 오늘
도 낮에 골이 띵하고 어지럽고 기운이 없다. 빈혈 증세처럼. 멸치 아무래
도 버려야겠다. 올해는 가락시장에서 멸치 안 주네. 그것까지 줬으면 처
리 곤란할 뻔했다.

— 2010. 10. 1, 일기

나도 너무 힘이 들어 내 딴에는 한다고 해도 아빠가 "왜 이래 기운이
없노? 머리가 왜 이리 아프노?" 하고 두 손으로 감싸쥘 땐 가슴이
철렁하면서 무슨 일을 해도 아무 재미가 없다. 선재만 시집보내 놓고
죽고 싶다고 했다. 하고 나서 후회할 말을 왜 이리 자주 내뱉는지 모
르겠다. CT 결과가 잘못 나올까 봐 아빠도 엄청 스트레스 받았는지
몹시 피곤해 한다. 다른 날보다 더. 점심 먹고 2시 반에 같이 낮잠을 잤
다. …… ⋯

— 2012. 8. 21, 일기

선재가 누워서 노트에 뭔가 적다가(아이디어) 또 잠이 들어 있어 깨웠
다. 6시 20분 떡이랑 사과주스 먹고 배낭 메고 반바지 입고 7시 50분
에 나갔다. 경로당 가서 투표하고 9시 전공수업이 있어 학교 갔다가 저
녁 먹을 때 온다고. 아침에 일어나 당근과 사과를 써는데 죽을 맛이다.
손이 뻐근한 게 컨디션이 안 좋다. 모든 걸 다 놓고 싶다는 생각……
아픈 사람한테 하소연을 할 수도 없고…. 선재가 결혼해 알콩달콩 잘
살면 그만 살고 싶다. 선재의 봄날은 언제 오려나? 풀이 죽은 모습 보
기가 안쓰럽다. 아빠는 그런 애한테 어젯밤 이제는 기말고사에 몰입하
라 하신다. 어제 골다공증 검사했는데 키도 0.6cm나 줄어들고 (1년 만
에) 골밀도 전체적으로 조금씩 감소. 뼈에 좋은 음식을 집중적으로 먹
어보자. 아빠는 피곤한 지 일어날 생각을 하지 않는다. 가만 내버려뒀더
니 9시 20분에 일어나 나오신다. 그때 소파에 누워 자고 있었는데 일
어나려니 왼무릎이 안 펴지며 아악~ 소리가 절로 난다. 각도가 안 맞으
면 아파 설설 맨다. 겨우겨우 일어나 아침 차려 드리고 또 눕고 설거지
하고 또 눕다가, 10시 반 나가실 때 일어나 움직이다.

– 2014. 6. 4. 일기

아내의
지팡이

나는 2012년 비강암이 두번째로 재발해 혹독한 치료를 받고 격심한 후유증으로 고생했다. 2013년이 되면서 겨우 조금 회복되었지만 몸이 쉽게 피로해서 자주 방에 들어가 누웠다. 그런 나를 보면서 아내가 어떤 마음을 갖고 있는지 미처 알지 못했다. 아내는 "내 마음도 같이 눕는다."고 적어 놓았다. 평소에는 무덤덤한 편이었지만, 내 몸상태에 따라 아내도 마음이 같이 오르락 내리락 했던 것 같다.

부부란 그런 사이가 아닌가 싶다. 부부에 대한 아내의 생각을 엿볼수 있는 글도 여러 군데 있다. 2020년 5월 19일 일기에는 문정희 시인의 〈부부〉란 시를 적어 놓았다. 무더워 멀찍이 누웠다가도 모기소리 들리면 합세해 모기를 잡는 사이, 너무 많이 짜진 연고를 나누어 바르는 사이란다. 아내가 옮겨 적어 놓은 시를 읽으며 우리 부부 이야기인 듯했다. 아내도 같은 마음이지 않았을까.

신문을 보고 있는데 아빠가 5시 반경 아구, 콩나물, 알배추 사가지고 오셨다. 출출한지 요플레 1개 드시고, 아구탕 끓일 동안 TV를 좀 보시는 것 같더니 6시 넘어 방에 들어가 누우신다. 내 마음도 눕는다. 아직은 원기가 없나 보다. 조금만 나갔다 와도 피곤해하시고….

- 2013. 1. 5. 일기

문정희 시인이 주례를 하고 마지막 자신의 <부부>란 시를 낭송했단다. "부부란 무더운 여름날 멀찍이 누워 잠을 청하더라도 / 어둠 속에서 앵하고 모기 소리가 들리면 / 순식간에 둘이 합세하여 모기를 잡는 사이이다. // 너무 많이 짜진 연고를 나누어 바르는 사이이다."……

- 2020. 5. 19. 일기

2022년 가을에서 겨울로 넘어갈 즈음 아내의 임파선에 혹이 생겼다. 점점 악화되는 몸의 증상이 전과는 또 다르다는 것을 느끼면서 아내는 나에게 많이 의지했다. 그해 2월 그토록 바라던 딸아이의 결혼도 치렀고, 이제는 둘만 남았으니 더 그랬을 것이다. 일기에 남은 글이 당시 아내의 마음을 그대로 보여준다. 아내는 "어떤 지팡이보다 남편 지팡이가 제일 든든하다는데…", "내가 의지할 사람은 남편뿐, 나를 생각해주는 사람도 남편뿐"이라고 적었다.

당시 아내의 목에 생긴 혹들에 대해 다니던 병원에서는 류마티즘의 후유증이라고 진단했다. 또 그 혹이 설사 악성 림프암이라 해도 보통 림프암은 항암제로 치료되기 때문에, 독한 항암제 때문에 고생은 하겠지만 어쨌든 이 고비를 넘길 수 있을 거라고 생각했다. 암으로 진단되면 걷기도 힘든데 병원에 자주 가서 어떻게 항암치료를 받을지, 또 그 강한 독성을 어떻게 견뎌낼지, 아내의 아픈 모습을 쳐다보면 안쓰럽고 애틋한 마음이 많이 들었다. 그렇지만 설사 암이라 하더라도 내가 지팡이가 되어 그 고비를 넘길 수 있을 것으로 믿었다.

낮에 포장해 오신 회덮밥을 맛있게 먹는 내 모습을 보는 아빠의 눈빛에 여러 가지 의미가 담긴 것 같아 왠지 먹으면서도 눈물이 날 것 같았는데… 이승기 교수님*도 생각하면서 여러 감정을 내포한 듯해 보였다.
어떤 지팡이보다 남편 지팡이가 제일 든든하다는데… ….

— 2022. 10. 25, 일기

(이승기 교수님의 부고를 전해듣고) 6시에 생화학 전공교수들이 모이기로 한 듯. …… 1시 25분 나가시며 맙테라 맞고 부작용으로 당신보다 훨씬 더 심한 사람 많더라며 너무 걱정하지 말고 지내자고 하신다.
내가 의지할 사람은 남편뿐. 나를 생각해 주는 사람도 남편뿐.
눈이 오려나? 바깥이 어둡다. ……

— 2022. 12. 12, 일기

■ 이 분은 서울대 약대 학장을 지내시고 암과 퇴행성 질환 치료에 새로운 전기를 마련했다는 평을 받는 분이시다. 당시 뇌종양으로 병환 중이었는데, 그해 12월 11일 영면에 드셨다.

경로우대증과
유도적합모델

2022년 11월 1일 아내가 만 65세가 되어 경로우대 교통카드를 받았다. 카드를 받고 아내는 기분이 좋아져서, 무료로 전철을 탈 수 있으니 서울시내뿐만 아니라 춘천 등 서울 근교로 많이 다니자고 했다. 집안에만 있지 말고 운동 삼아 다니면서 여기저기 구경도 하고 맛집도 찾아다니자고 부푼 구상을 했다.

그러나 아내는 그 후 증세가 급격히 악화되었고, 몸이 붓고 아파서 병원 외에는 다닐 수가 없었다. 그토록 부푼 구상을 하면서 받아든 경로우대 교통카드를 쓸 기회를 끝내 갖지 못했다.

아내는 자신의 교통카드 충전을 '불우이웃돕기'라고 하면서 나에게 성금을 내라고 농담했다. 자신은 벌이가 없으므로 매사를 아껴 쓰고, 다리가 그렇게 아픈데도 택시 타는 법이 없었다. 전철이 주요 교통수단인데, 경로우대 교통카드가 나왔으니 앞으로 교통비를 많이 아끼게 되었고 불우이웃돕기 성금을 내게 요청하지 않아도 된다고 마냥 좋아했다.

평소 그렇게 알뜰한 아내는 장보는 것도 근처 마트와 재래시장을 둘러보고 제일 싼 곳에 가서 사곤 했다. 그래서 다리도 아픈데 얼마 되지 않는 몇백 원, 기껏해야 몇천 원 때문에 왜 그렇게 고생을 사서 하느냐고 핀잔을 주기도 했다. 그렇게 불평을 하면서 아내를 따라다녔는데, 그러다 보니 어느새 나도 물들었나 보다. 혼자 장보게 되면 아내가 한 것과 똑같이 여러 군데 다녀보고 몇백 원 싼 곳에 가서 사게 되었다. 얼마나 싸게 샀는지 아내에게 자랑삼아 이야기하면, 아내는 "아이고, 우리 장한 영감, 잘했어요!"라고 추켜 주었다.

부부가 오래 살면 닮는다더니 내가 그랬다. 내가 생화학 강의에서 늘 이야기하는 '효소와 기질 간의 상호 특이성'은 '자물쇠와 열쇠 모델(Lock-and-Key Model)'로 설명한다. 앞에서 설명한 것처럼, 오목과 볼록이 서로 맞물리는 것처럼 결합하는 것이 자물쇠와 열쇠의 관계와 같다는 것이다. 이 모델은 더 발전해 지금은 '유도적합모델(Induced Fit Model)'로 개선되었다. 이것은 효소와 기질 간에 일부 서로 맞지 않는 부분이 있으면 조금 변형을 일으켜 완전한 맞춤 형태로 변화해 결합한다는 학설이다. 오래 산 부부를 이보다 더 적확하게 설명하는 게 있을까?

나는 밥을 먹을 때 국물이 많은 국을 좋아한다. 처갓집에 처음 갔을 때 상에 올라온 국이 건더기만 잔뜩 있어 속으로 몹시 당황했다. 당연히 결혼 후 아내가 요리한 국에도 국물이 거의 없었다. 하지만 시간이 흐르면서 아내가 만든 국에는 국물이 가득해졌고, 나는 건더기가 수북한 처갓집 국에도 익숙해져 갔다.
우리 부부도 같이 살면서 일상사 소소한 부분의 불일치를 서로 변화시켜 맞추며 살았다.

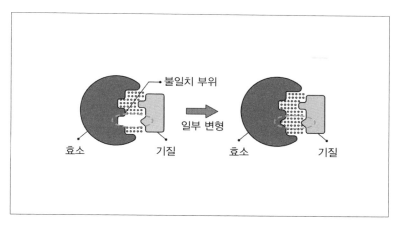

효소의 결합을 설명하는 유도적합모델

서로 결합해야 하는 효소와 기질 간에 일부 맞지 않는
부분이 있으면, 조금 변형을 일으켜 완전한
맞춤 형태로 결합한다. 서로 닮아가는 부부처럼.

우리 딸
시집 가는 날

딸아이의 결혼이 결정되고 양가 상견례가 2021년 7월 3일 시내 한정식 식당에서 있었다. 그때 결혼할 두 사람에게 기념이 될 만한 패를 하나 만들어 주고 싶었다. "내외상장(內外相長)" 네 글자를 단정한 나무 패에 새겨 예비신랑·신부에게 주었다. 부부가 서로 도와주고 이끌어주면서 더불어 크게 발전하기를 바라는 마음을 담은 말이다. 이 문구는 공자의 《예기》에 나오는 "교학상장(敎學相長)"에서 따온 것으로, 스승과 제자들이 가르치고 배우면서 서로 발전하고 성장한다는 뜻이다. 내외상장은 스승과 제자를 의미하는 "敎學"을 부부를 의미하는 "內外"로 바꿔 내가 만든 말이다. 이 기념패를 보고 예비신랑과 사돈댁에서도 감동했다며 같이 기념사진을 찍기도 했다.

결혼식은 2022년 2월 19일에 있었다. 그때는 코로나가 극성을 부리는 시기여서 결혼식을 제대로 치를 수 있을지 우리 모두 노심초사했다. 아내는 몇 달 전부터 매일 새로 발생하는 코로나 환자 수와 누적 환자 수를 계속 적고 있었다. 결혼 전날부터 일일 발생 수가 10만 명

내외상장

상견례를 하는 날, 예비신랑 · 신부에게
선물한 나무패. 서로 돕고 이끌면서
함께 발전하기를 바라는 우리 부부의
염원을 담아 준비했다.

을 넘어 결혼 당일에는 102,211명이었고 누적 환자 수는 1,858,017명이었다. 그래도 다행히 결혼식은 취소되지 않았다. 물론 지방이나 코로나 증후가 있는 친지들은 참석하지 못했지만, 서울쪽 사람이 꽤 참석해 주어 성황리에 무사히 결혼식을 잘 마무리할 수 있었다.

식이 끝난 후 집으로 돌아오는 길에 함박눈이 잠시 펑펑 쏟아지는 걸 보고 아내는 신혼부부에게 길조라고 좋아했다. 그 긴 세월동안 딸아이의 결혼을 바라며 아픈 몸을 달래고 견뎌오면서 마음에 새긴 염원이 원만히 이루져 아내는 몹시 흐뭇해했다.

그날 아내는 새벽 3시 반에 일어나 식을 마칠 때까지의 과정을 마치 비디오 찍은 것처럼 깨알 같은 글씨로 장장 7페이지에 걸쳐 상세히 적어 놓았다. 그리고 그날 이후 아내는 결혼식 이야기가 나오면 얼굴에 홍조를 띠면서 행복한 미소를 지었다. 일생의 큰일을 무사히 마친 안도의 표정으로 그날을 이야기했다.

…… 아빠를 달래고 달래어 겨우 축사 연습 한번 듣고 9시 40분에 눕다. 109,831명 늘어 1,755,806명. 드디어 10만 명대가 되었다. 축사 연습을 하는데 말이 꼬이고 더듬거리고 엉망이다. 다들 사돈께도 인사말 하더라며 하라니까 안 한단다. 또 "초등학교 입학할 때 그리고 그 어려운(?) 대학 들어갈 때" 이건 좀 오버라고 다른 사람이 들으면 하버드나 들어간 줄 알겠다며, '초등학교 입학할 때 중고등학교 거쳐 대학에 들어갈 때' 이렇게 고치라고 했다. "오늘부터 한 배를 탄 부부가 되었는데, 가다 보면 폭풍우도 만나고 힘든 난관에 부딪힐 때도 있는데, 두 사람이 합심하여 열심히 노를 저어 큰 바다로 나아가길 바랍니다." 대양이라고 하지 말고 큰 바다라고 하라니까 그건 쉽게 수긍한다. 또 부부생활은 좀 느낌이 그러니까 결혼생활이라고 하니까 그건 고쳤네. 탈무드 유투브를 듣다가 잠 들다. 자기 전 생각이 나 머리뒤꽂이 꺼냈는데 울긋불긋 좀 촌스럽다. 신부 측이라고 빨간색 수술인가??

– 2022. 2. 18. 일기

B: 현미밥 조금 + 된장찌개, 물김치, 배 (나가시기 전에 빵, 인절미 1개)
L: 식 마치고 혼주석에서 갈비탕, 밥 조금
S: 집에 와서 생면식감(풀무원), 밥 조금, 배, 물김치
3시 반 기상. 54.5kg.

드디어 선재 결혼식! 어제 자기 전에 적어둔 할 일들 시작. 우선 두 사람 신발 꺼내 닦아 놓고, 머리 감기. 아직 연한 고동색 물이 나온다. 제로이 드크림 바르고, 싱크대 반찬통들 선재 책상 위로 옮기고, 유산균 먹고 물 한 컵 마셔 놓고, 도수향 인절미 일단 1개 먹었는데, 이것 먹으면 자꾸 물을 마시게 돼. 또 1개 더 먹고 바나나도 2/3개 먹어두고 다른 약들은 다 먹었는데, 오후 1시경에 다리 부드러워지라고 쎄레브렉스와 소론도는 좀 더 있다 먹기로 했다.

아빠는 4시에 나오시더니 창문 열고 "비가 오나?" 날씨부터 보시네. 서재로 가시는 것 보니 절(108배)을 하시는 듯. 그러고는 다시 누우신다. 아빠 아침 대강 장만해 놓고 4시 40분 앉아 문서 쓰다. 저녁 쎄레브렉스는 어제 요근래에는 처음 먹었는데 확실히 밤에도 그렇고 아침에도 그렇고 두 주먹 쥐면 훨씬 덜 뻐근하다. … …

– 2022. 2. 19. 일기

결혼식은 주례 없이 진행되었다. 그 대신 축사를 신부측에서 하는 걸로 하여 내가 축사를 했다. 축사를 어떻게 할까 고심하다가 내가 오랫동안 연구하고 가장 잘 아는 약에 대해 이야기하기로 했다. 축사로 오늘의 신혼부부에게 결혼생활에 꼭 필요한 두 가지 약을 주겠다며.

한 가지는 "기억의 약"으로 결혼생활 중 꼭 기억해야 하는 상대방의 생일, 결혼기념일, 양가 부모님의 생신날, 여러가지 양쪽 집안의 대소사들, 그리고 결혼생활 중 아기의 출산과 같은 기쁘고 의미 있는 날들은 이 약을 먹고 잘 기억하라고 했다. 또 다른 약은 "망각의 약"으로, 부부가 살다 보면 의견이 다르거나 다툼이 있을 때, 실패하거나 좌절하거나 안 좋은 일들을 겪게 되면 이 약을 먹고 빨리 잊어버리라고 했다.

기억은 인간이 가진 탁월한 능력이고, 망각은 신이 인간에게 준 축복이라고 했다. 이 두 가지 약을 바꿔 먹지 말고 적절하게 잘 복용해 행복하고 원만한 결혼생활이 되기를 기원했다.

희망에 대한
일기

딸애의 결혼이 잘 마무리되고 마음의 짐을 내려놓아서인지 2022년 여름이 되자 아내의 일기에는 삶에 대한 희망과 의욕이 엿보이기 시작했다.

2022년 8월 26일, EBS의 부모클래스 〈아이에게 희망을 선물하는 법〉을 시청하고 내용을 정리해놓았다. 그 중 하나는 프랑스 화가인 쥘 브르통(Jules Breton, 1827~1906)의 〈종달새의 노래〉(1884)라는 그림에 대한 것이다. 젊은 여인이 손에는 낫을 들고 태양이 떠오르는 새벽에 넓은 들판을 맨발로 걸어가는 모습을 그린 것이다. 낡고 누추한 옷차림의 농촌 여인이 하루하루가 힘들어도 고개를 숙이지 않고, 떠오르는 태양 빛을 받으면서 낫을 굳게 움켜쥐고 맨발로 당당히 걸어가고 있다. 어떤 역경과 고난에도 굴하지 않는 강인한 여성의 모습을 잘 나타내었다. 아마도 여인의 시선은 눈앞 창공의 노래하는 종달새를 응시하고 있는 듯하다. 이 그림에서 뒷배경의 밝게 떠오르는 태양이 이 여인의 강력한 희망과 의지를 뒷받침해주고 있다.

종달새의 노래, 캔버스에 유채, 110.6×85.8cm

19세기 프랑스 자연주의 화풍을 대표하는
쥘 브르통의 1884년 작품.
현재 시카고 미술관이 소장하고 있다.

일기에 기록한 또 다른 그림은 에드바르트 뭉크(Edvard Munch, 1863~1944)의 〈태양〉이다. 뭉크는 어릴 때 어머니와 누나가 타계한 후 아버지로부터 심한 구박을 받고 악몽과 정신적인 고통을 받았다. 그 과정에서 나온 〈절규〉라는 작품이 인간 내면의 고통과 불안, 공포를 잘 나타낸 그의 대표작으로 널리 알려져 있다. 그러나 이와 반대로 고통을 승화시켜 희망과 빛을 그린 그의 〈태양〉도 또 다른 대표작이다. 이 작품은 정신병원을 퇴원한 후 찬란하게 빛나는 희망을 표현해 그의 삶에서 가장 빛나고 희망적인 순간을 담고 있다고 한다.

이 작품은 노르웨이 오슬로대학의 100주년 기념관의 정면벽에 걸린 그림으로, 기념관에 들어오는 모든 사람들이 정면에서 떠오르는 태양과 거기서 뿜어져 나오는 강렬한 힘을 마주하면서 커다란 희망과 열정, 그리고 생명력을 느끼게 된다고 한다. 이 〈태양〉 그림은 노르웨이 국민들에게 너무나 강력하고 인상적이어서 노르웨이의 1,000 크로네 지폐에 뭉크의 초상화와 함께 새겨져 있다.

태양, 캔버스에 유채, 455×780cm

1911년 개교 100주년을 기념해
노르웨이 오슬로 대학 대강당을 장식한
에드바르트 뭉크의 대작이다.

…… 일본어 수업 (내 실력이 너무 부끄러워…. 선생님 회복하려고 홍삼 · 녹용 드신단다. 일본인인데) 전에 EBS 부모클래스 <아이에게 희망을 선물하는 법>에서 도슨트의 설명을 들었는데 귀에 쏙쏙 들어오네. 빌 머레이라는 할리우드 배우가 몇 번이나 오디션에 떨어져 다운되어 있을 때 시카고 미술관에 가게 되었는데, 거기서 본 쥘 브르통의 <종달새의 노래>라는 그림을 보고 깊은 감명을 받고 다시 오디션에 도전해 배우가 되었단다.

종달새는 새벽을 의미, 맨발의 여인이 손에 낫을 들고 걸어가는 그림인데, 하루하루 힘들어도 아래를 보지 않고 땅을 보고 걷지 않고 당당하다. 뒤에는 태양도 보인다. 하루하루 스스로에게 주어진 역할에 충실하는 농민의 숭고함을 엿볼 수 있다.

에드바르트 뭉크는 자라온 환경을 알면 잘 이해할 수 있다. 5세 때 어머니가 폐결핵으로 돌아가시고 어머니 대신 누나에게 의지해 살았는데, 그 누나도 3년 뒤 어머니와 같은 병으로 죽는다. 뭉크를 가장 힘들게 한 건 아버지. 광신도가 된 아버지는 번 돈을 종교 헌금으로 바치고, "네가 죄를 지어 가족이 죽었다"며 저녁밥을 먹기 전에 어머니의 유서를 읽어야 밥을 먹을 수 있게 했단다.

뭉크는 항상 피를 흘리는 악몽을 꾸었는데, 그림을 그릴 때 비로소 내면의 고통이 해소되었단다. <절규>도 친구들과 다리를 건너는데 붉은 노을이 하늘에서 쏟아지는 피처럼 느껴져 빈혈증상을 강하게 느끼고 쓰러지지 않으려고 안간힘 쓰는 모습을 표현한 그림이란다. 절규는 소리가 아니다. "자연이 나를 잡아먹을 것 같았다." 절규하고 있는 것은 자연이었다.

그동안의 고통이 스스로를 정신병원으로 가게 했는데, 삶을 바꾼 것은 약이 아니라 한 화가를 알게 된 것. 바로 빈센트 반 고흐다. 그를 만나고 마음의 변화가 시작됐다. 반 고흐의 <별이 빛나는 밤>은 정신병원에서 그린 것. 창밖을 보며. 그런데 그림에는 쇠창살도 없고 별을 크게 그렸다. 반 고흐에게 놀란 뭉크도 <별이 빛나는 밤>을 그렸다.

평생 대인기피증이 있어 고생한 뭉크가 인생을 걸고 대작에 도전한다. 오슬로 대학의 벽을 장식할 <태양>을 그린 것. 봄(모든 것을 녹여주는 이미지)을 그려낸 것. 노르웨이의 화폐단위는 크로네인데, 1,000크로네 지폐에 뭉크의 초상화와 함께 새겨져 있는 그림이다. 앞면은 초상화, 뒷면은 뭉크의 <태양>. 노르웨이 사람에게 희망을 주고 있다고.

아주 잘 들었네. 미술관에 가서도 수많은 그림을 다 보려고 하지 말고 한번 주욱 둘러본 뒤 나를 잡아끄는 그 그림에 집중하라고.

– 2022. 8. 26. 일기

아내는 이렇게 태양의 밝은 모습과 강렬한 힘이 자신에게도 비추어져 딸애가 결혼하고 살아가는 모습을 더 보고 싶은 희망과 갈망이 있었다. 특히 절망과 고통 속에서 정신병까지 앓고 있던 뭉크가 그 질곡을 극복하고 그린 〈태양〉 작품에 깊이 공감을 하고 자신도 그런 희망과 기운을 받고 싶은 삶의 의지를 일기장에 적어 놓았다.

고통과
화해하다

아내의 희망과 바람과는 달리, 몸이 점점 더 붓고 아팠으며 2022년 9월 중순부터는 오른쪽 목에 멍울이 생기고 림프절이 심하게 부었다. 그래서 기존에 다니던 병원에 가서 여러 차례 진료를 받았으나, 그곳에서는 류마티즘의 후유증으로 판정했다.

그러나 류마티즘이 오래되면 림프암이 발생할 가능성이 있어 재차 병원에 가서 림프암에 대한 검사를 요청했으나, 병원에서는 림프암에 대한 가능성은 낮다고 판단해 그에 대한 조직검사를 다음해 3월로 예약해주었다. 그리고 류마티즘에 의한 자가면역성 림프병변에 대한 치료만 했다.

병원치료를 받아도 증세는 점점 심해졌다. 그해 12월에 응급실에 두 번 내원해 조치를 취해줄 것을 요청했다. 병원의 판단은 바뀌지 않았다. 류마티스성 림프절염으로 판단했고, 림프암에 대한 조치는 하지 않았다. 그런 과정에서 목과 왼쪽 겨드랑이에 멍울이 여러 개로 늘었고, 심한 기침을 하고 양다리와 양손에 반점이 생겼다. 게다가 양 턱밑에 통증이 생기고 두 발이 퉁퉁 붓고 아파서 잠을 자지 못했다.

2시 50분 귀밑과 왼겨드랑이가 부어 아파서 잠을 깼다. 소파에 앉아 TV를 좀 보다가 3시 40분 다시 들어가 눕다. 두 발등이 소복히 부어 있고 다리는 부기가 없다. 귀밑은 더 부었고, 귀 앞과 왼겨드랑이에 멍울이 또 생겼다. 다시 잠자리에 들어 7시 35분 기상. 53.8kg. 아빠 아침상 겨우 차리다. 식은땀이 난다.

오늘은 일본어 결석하고 싶은데 숙제도 했고 해서 인터넷 수업 참석. 내 소리가 안 들려 한참 헤맸다. 이번 달은 5주니까, 12월 31일에 망년회 하잖다. 나는 안 된다고 했다.

아파서 겨우겨우 수업 하고 점심 먹다. 아침 준비할 때는 식은땀이 나 주저앉고 싶었다. 점심 먹고 아빠가 권해 타이레놀 ER 1알 먹다. 수업 시간에 잔기침할까 봐 씹었던 껌 씹으며 1시경 소파에 앉았는데 꾸벅꾸벅 나도 모르게 옆으로 쓰러져 버렸다. 깜짝 놀라 좀 누웠는데 1시간 반이나 잔 듯. 아빠는 이제 소리가 하나도 안 들린다며… 보청기 점검하러 3시 45분 나가셨다.

– 2022. 12. 16. 일기

2022년 12월 20일 경에는 몸을 움직이기 힘들 정도로 붓고 아파서 더 이상 기존 병원의 치료에 기대할 수 없어 다른 병원으로 옮기기로 작정했다.

2022년 12월 23일 서울대 병원 류마티스 내과로 급히 내원해 진료를 받았다. 림프암일 가능성이 높다고, 가능한 빨리 입원해 암치료를 시작해야 한다고 했다. 그래서 응급실을 통해 12월 24일이나 25일 입원하기를 바랐지만 병실이 없어 26일까지 기다려야 했다.

12월 26일 오후 3시경 서울대 병원에서 급히 연락이 왔다. 코로나 음성판정서를 가지고 오후 5시까지 입원하라고 했다. 부랴부랴 입원 준비를 해서 집을 나섰다. 아내의 몸이 많이 부었고, 특히 양발이 퉁퉁 부어 있는 상태라 신발을 신을 수 없었다. 슬리퍼를 꿰고 한손은 지팡이를 짚고, 다른 한손은 내가 부축을 해서 아파트 상가 2층에 있는 이비인후과에 코로나 음성판정서를 받으러 갔다. 병원이 집과 같은 단지에 있어서 얼마 되지 않는 거리였지만, 며칠 전에 온 눈이 군데군데 쌓여 있고 날씨가 추워 길이 꽁꽁 얼어 있었다. 미끄러지지 않게 한발 한발 겨우겨우 떼며 기다시피 걸어갔다. 나도 눈 옆에 괴사와 염증이 일어나 얼굴이 벌겋게 부었고 귀도 더 안 들리는 허약한 상태라 중간에 벤치가 보일 때마다 몇 차례 쉬어 가야 했다. 아내는 내 팔에 의지했고 나는 아내의 온기에 의지했다.

지금도 그 길에 가면 그렇게 서로에게 의지하며 서로를 붙들고 엉금엉금 걸어간 그날 기억이 선명하다. 흐리고 추웠던 그날의 날씨처럼 마음이 시리고 아프다. 그날 그 길이 마지막이었다. 마지막 가는 길을 아내의 바람대로 남편인 내가 지팡이 역할을 한 것이 그나마 위안이 된다. 더 든든한 지팡이가 되지 못했지만.

코로나 음성판정서를 받은 후 택시를 탔다. 서울대 병원에 도착하니 다행히 오후 5시가 지나지는 않았다. 마감시간에 임박해 겨우 입원수속을 마쳤다. 일단 입원을 하니 그것만으로도 마음이 놓였다. 이제 림프암 치료를 받을 수 있을 테고, 치료를 시작하면 항암제의 독성으로 힘들긴 하겠지만 림프암은 항암제의 치료효과가 좋아서 그래도 희망을 가질 수 있었다.

그날 저녁 담당의사가 와서 다음날 림프암에 대한 조직검사를 하는데 결과가 나오기 전이지만 여러 정황상 림프암이 거의 확실하므로 항암제 치료를 바로 시작하는 게 좋겠다고 했다. 그러면서 현재 복용 중인 약의 이름과 용량을 이야기해 달라고 아내에게 물었다. 아무 대답이 없어 내가 항류마티스 약제인 MTX가 생각이 나서 아내에게 물었다. MTX를 얼마나 자주 먹느냐고. "일주일에 한번, 포사맥스는 일주일에 한번~"이라고만 대답했다. "MTX도 일주일에 한번 먹나?"라고 재차 물으니 "포사맥스는 일주일에 한번~"이라고만 대답하고 더 이상 말을 하지 않았다. 포사맥스는 골다공증약으로 아내가 2008년 8월부터 복용했다.

"포사맥스는 일주일에 한번~" 이 말을 끝으로 아내는 깊은 잠에 빠져
들었다. 그 다음날 딸아이가 와서 엄마를 찾았지만 더 이상 의식도
없고 말을 하지 못하였다. 그렇게 기억력이 좋던 사람이 머릿속 기억
이 다 지워지고, 그렇게 애지중지하던 딸아이도 더 이상 알아보지 못
하고, 마지막 하직의 말도 나누지 못했다. 그냥 두 눈을 감고 평온하
게 누워만 있었다.

무의식의 세계에서 아내는 지난 37년간 마음속에 간직했던 모든 감
정과 기억들을 하나하나 지워 나가고 있었다. 그렇게 평온히 자신의
내면을 정리하고 정화했다. 그리고 자신을 그렇게 괴롭히던 류마티
즘과도 조용히 화해를 하는 듯했다.

이제 잡은 손을
놓으세요

2022년 12월 26일 입원한 저녁부터 아내는 눈을 감고 조용히 누워 있었다. 움직임도 없고 당연히 식사도 하지 못하고 의식도 사라졌다. 12월 27일 담당의사는 항암치료를 시작하려 했으나 혈액검사와 몇 가지 검사결과 여러 지표가 급격히 악화되어 치료가 무의미하고, 그 대신 진통제 등 완화치료를 하자고 했다.

그렇게 애지중지하던 딸애가 와도 말 한마디 나누지 못했다. 딸애는 가슴속에 말할 수 없는 슬픔과 충격을 받은 듯했다. 나 자신도 그러했지만 병원의료진도 아내가 이렇게 급히 세상을 하직하게 될 줄은 몰랐다. 딸애에게 연락을 좀 더 빨리 하지 않은 것이 무척 안타까웠다. 그나마 마지막 사흘간은 딸애가 아내 곁에서 비록 아내의 대답은 없었지만 엄마와 마음속 대화를 하여 다소 위안이 되고 안타까움이 덜어졌다.

2022년 12월 29일 오전 11시 55분이었다. 그렇게 조용히 누워 있는 아내의 양손을 딸아이와 내가 한손씩 잡고 있을 때였다. 맥박 뛰는 것을 보여주는 계기판이 더이상 오르내리지 않고 일직선으로 쭉 선을 그어갔다.

'아, 아내가 이제 본래의 자리로 되돌아갔구나.' 그렇게 느끼는 사이 잡은 아내의 손이 급속히 차가워져 갔다.
온기가 몸에서 빠져 나가면서 손을 잡고 있는 우리에게 작별의 말을 하는 것 같았다.
"이제는 잡은 손을 놓으세요~."

그리고 남은 세월

그리움을
그리다

아내를 보내고 집으로 돌아와서는 대학노트에 깨알 같은 글자로 적어 내려간 아내의 기록을 읽기 시작했다. 그동안 혼자 식사를 해결하면서 생활했다. 아내에게 식사와 빨래, 청소 등 집안일을 거의 전적으로 의존한 나로서는 세끼 밥 챙겨 먹는 것이 보통일이 아니었다. 어떤 때는 저녁 먹고 설거지를 하고 나서 한숨 돌리려 소파에 앉으면 밤 11시가 넘기도 했다.

이런 경험을 하고 나니 아내의 노고에 새삼 고마움과 아픔을 느꼈다. 한편으로는 동료 여교수들이 얼마나 어렵게 학교생활과 가사일을 병행했는지 조금은 가늠할 수 있게 되었다. 거기에 육아까지 해야 하니 그 부담이 얼마나 클지 짐작하기 어려웠다. 이런 이야기를 동료나 제자 여교수들에게 하면 다들 격하게 동감했다. "이제야 교수님이 아셨군요. 그 힘든 건 말도 못 합니다." 하면서 눈물 짓는 제자들도 여럿 있었다.

아내의 빈자리는 너무 컸다. 아내가 없는 집도 텅 빈 듯 너무 컸다. 가사일도 버거웠다. 그래서 2023년 10월에 분당에 있는 실버타운으로 이사를 했다. 여기서는 하루 세끼를 제공해주고 일주일에 한번 청소도 해주어 나처럼 가사일에 문외한은 살기가 수월했다.

가사일에서 벗어난 만큼 여유가 생겼다. 아내의 기록을 모두 읽고 책 원고를 위한 리스트 만드는 일을 모두 끝내고, 여유시간에 어릴 적부터 해보고 싶었던 연필 인물드로잉을 독학으로 시작했다. 드로잉책 두 권과 연필 몇 자루, 드로잉북을 사서 틈틈이 그리기 시작했다. 아인슈타인, 처칠, 로버트 드 니로, 니콜 키드먼, 신원 미상의 여자 모델, 집시여인 등 사진을 보고 그린 그림이 제법 쌓였다.

독학한 연필 드로잉 작품

아내를 보내고 10여 개월 후 실버타운으로 옮긴 뒤 생긴 여유시간에
연필드로잉을 시작해 그린 인물들이다. 아인슈타인, 로버트 드 니로, 처칠,
니콜 키드먼, 집시여인과 신원미상의 여성모델을 그린 그림들이다.

이렇게 7개월가량 연습을 하다가 아내 생전에 딸과 함께 찍은 가족 사진을 드로잉했다. 내가 2012년 암이 2차 재발해 수술하기 전에 찍은 사진이다. 당시 병원에서 또다시 재발되는 것을 막기 위해 오른쪽 눈에서 오른쪽 턱과 치아까지 얼굴의 오른쪽을 거의 제거해야 한다고 했다. 그래서 얼굴이 온전할 때 세 식구가 같이 찍은 것이다.

그후 수술계획이 변경되었다. 암부위만 제거하고 나머지는 보존하는 대신 방사선 치료와 항암제 투여로 바뀌었다. 덕분에 겉모습은 아직 남아 있다. 앞으로 얼굴 모습이 어떻게 될지는 알 수 없다. 얼굴 오른쪽 내부는 방사선 치료 후유증으로 현재 괴사와 염증이 계속되어 뼈와 조직이 없어지면서 구멍이 3군데나 뚫린 상태다. 통증도 여전하다.

이렇게 내 몸은 계속 흘러가듯 변화하고 있다. 거기에 따라 내 마음도 수레의 두 바퀴처럼 같이 흘러간다.

2012년 가족사진을 보고 그린 그림

암이 2차 재발해 수술을 앞두고 가족사진을 찍었다.
눈에서 턱과 치아까지 얼굴의 오른쪽을 거의 제거해야 한다고 했다.
그래서 수술하기 전에 얼굴이 온전할 때 가족사진을 찍었고,
먼저 간 아내를 그리며 그때 찍은 사진을 보고 그렸다.

딸아이를 시집보내는 꿈이 아내가 고통을 감내하게 했듯, 아내가 남긴 따뜻한 기억과 그리움이 나를 숨쉬게 한다. 우리가 함께한 시간을 더듬으며 그림을 그리고 그리움을 새긴다.